お迎え音頭

森　猛
MORI Takeshi

文芸社

はじめに

私は未だに現世で暮らしております。

お題は自分の歳に合わせて「お迎え音頭」としました。音頭には囃し言葉が必要です。ギャテーギャテーハラギャアテーは続いて、ハラソウギャテーボウジーソウワカで終わります。此岸から彼岸に渡る時の掛け声です。梵語のようです。アーソレソレやチョチョイノチョイより好いなあと思いました。途中にハイハイ、チョイト、ハテ、などと適当にはさむと、極楽気分がいや増して、気持ちよく歌えそうです。

昭和生まれも、我々戦前生まれの者は皆、傘寿を過ぎ、白寿にならんかの方も見えます。知人、友人であの世に旅立った人もいます。散る桜残る桜も散る桜です。全員がそろそろお迎えの支度を考えなくてはいけません。しかし何を楽しみに支度をするかを考えてみました。何か先方に楽しみがなければ、喜んで支度などしたくないからです。ゴルフの練習を結構やっています。今更上手くはなりません。下手の域から一寸でも一分でも前への気持ちをこめてやっています。お迎えにあたっても先に楽しみをと思うわけです。

閻魔様をはじめあちらの先住民の方も、こちらから移住されたり、拉致された亡者の方も私たちを待っていてくれると思います。その方たちが私たちを迎えて、歓迎をかねて色々催してくれるでしょう。

音頭のほかに日本には、お伽噺と落語というものがあります。昔話に今様を加えたお噺とお話もあります。

目次

物語

お迎え音頭

お迎え音頭

さてさて昭和の御代の子よ
先じゃ演歌で待っている
飛行機怖そに岡晴夫
お迎え音頭だもうすぐだ

さてさて昭和の御代の子よ
先じゃ落語が待っている
小さん合わない刻数え
お迎え音頭だもうすぐだ

そろそろお迎え支度はよいか
悲しい酒にひばり酔い
淡谷先生窓掃除
ギャテーギャテーハラギャアテー

そろそろお迎え支度はよいか
じゃんがら金馬が飴を売り
志ん生腹痛黄金餅
ギャテーギャテーハラギャアテー

さてさて昭和の御代の子よ
先じゃ浪曲待っている
虎造摘んでる茶の香り
お迎え音頭だもうすぐだ

さてさて昭和の御代の子よ
先じゃ政治家待っている
徳球真っ赤な嘘をつき
お迎え音頭だもうすぐだ

さてさて昭和の御代の子よ
先じゃ戦が待っている
薯にすいとん米五勺
お迎え音頭だもうすぐだ

そろそろお迎え支度はよいか
馬鹿は死んだよ石松完治
ちょうど時間となりました
ギャテーギャテーハラギャアテー

そろそろお迎え支度はよいか
かっこつけつけマッカーサー
吉田茂の馬鹿野郎
ギャテーギャテーハラギャアテー

そろそろお迎え支度はよいか
艦砲射撃焼夷弾
これも世のため国のため
ギャテーギャテーハラギャアテー

さてさて昭和の御代の子よ
先じゃ大金待っている
聖徳太子大好きよ
お迎え音頭だもうすぐだ

さてさて昭和の御代の子よ
先じゃ標準待っている
居心地改善ＴＱＣ
お迎え音頭だもうすぐだ

さてさて昭和の御代の子よ
先じゃお仕置き待っている
閻魔と赤鬼ボランティア
お迎え音頭だもうすぐだ

そろそろお迎え支度はよいか
漱石そうかい諭吉よし
金次郎など掃いて捨て
ギャテーギャテーハラギャアテー

そろそろお迎え支度はよいか
ＩＳＯ嘘糞を踏んづけて
みんな勝手にご自由に
ギャテーギャテーハラギャアテー

そろそろお迎え支度はよいか
釜の蓋あけお湯が沸き
五時間待ちの針の山
ギャテーギャテーハラギャアテー

演歌

さてさて昭和の御代の子よ　　そろそろお迎え支度はよいか
先じゃ演歌で待っている　　悲しい酒にひばり酔い
飛行機怖そに岡晴夫　　淡谷先生窓掃除
お迎え音頭だもうすぐだ　　ギャテーギャテーハラギャアテー

私たちは未だに現世で暮らしております。

我々を迎えてくれると思われる人たちの中で、歌い手に分類される人たちを結構多く知っている。勿論こっちは知っているが、先方様はこちらをご存じない。

今にして思えば、中学校の時に偏向教育を受けた。その後遺症で彼らを歌い手と呼んでいる。中学三年の時の担任は音楽の女の先生だった。他に一人音楽担当の男の先生がいた。その男の先生が持っていた主張に訳もわからず影響されていたようだ。曰く、音楽というのは楽器による演奏によるものを言う。勿論、琴、三味線、尺八の如き和楽器は範疇に入らない。また、声楽は音楽とは言わない。

すなわち、オペラ、カンツォーネの類は音楽とは言わない。ましてや、流行歌は音楽とか歌という分類にすら入らない。よってもって、オペラやカンツォーネを歌うのは歌手と呼ぶが、流行歌を歌う人は歌手とは呼ばない。以来、流行歌を歌う人のことを歌手と言わず、歌うたいとか歌い手と呼んでいる。その歌い手の一人に歌屋と言われた御仁もいる。

何故音楽ではなく、又歌手でないかの論理も、全くもって訳がわからない。しかしながら、中学時代は先生の教えを批判するような知識、論理も何もあったものではないから、安易に自分の見識になってしまっていた。一度だけ、〝赤とんぼ〟を教わっていた時、〝アカトンボ〟と歌えと言われ、俺たちのアクセントは〝アカトンボ〟でそんなアクセントは初耳だと言ったら、こっぴどく叱られた。そんな按配で流行歌というのは一段下のものという認識が強かった。じゃあ、クラシック音楽をよく聴くか。演奏会に行ったか。今までの生涯で行った回数を数えられる。そのぐらいの頻度でしかない。

殆どの人はテレビや映画で見ただけだ。音頭の中の三人も、美空ひばり、淡谷のり子は見たことがない。岡晴夫だけ、見たことがある。見たのであって、歌を聴いたのではない。今は田原市になっているが、渥美郡福江町というところに住んでいたことがある。そこへ巡業に来ていた岡晴夫が、在校していた小学校の校庭で、福江高校の野球部と試合をやった。岡晴夫はピッチャーで四番だった。一行の中での地位というか、序列というか、それが一番高いのが岡晴夫であるということを、その時点で認識した。野球ではピッチャーおよび四番バッターが一番偉いのだという認識があった。歌をうたう人は、何というか、ただ歌うのだとばかり思っていた。有名ではあっても地位が高いとは考えも及ばなかった。打ったのは覚えていない。スピードはそれほどでもなかったが、投げっぷりは格好いいと思った。

他に身近に見た歌手には若原一郎がいる。確か新幹線の中だった。若原一郎が数人前の反対側の席に座っていた。私は名古屋で降りた。降りるために座っている彼の脇を通った。その時ふいと、彼の髪の毛は本物ではないという噂があることを思い出した。列車が停車するまで、頭上からしげしげと観察した。残念ながら、真偽のほどはわからなかった。間もなくして、彼は更に西へ西へと進み、極楽浄土まで行ってしまった。私は名古屋で途中下車したので、未だにこちら側に住みついたままだ。

軍国教育に始まって、戦後の平和教育など偏向教育を受け続けてきた。今、ようやくその呪縛から解き放たれ、歌い手どもの演歌を聴く。あの世から一番遠いところにいるであろう、氷川きよし、夏川りみあたりまで範疇だ。

教育の淵源又実に此処に存するや。

噺家

さてさて昭和の御代の子よ　そろそろお迎え支度はよいか
先じゃ落語が待っている　じゃんがら金馬が飴を売り
小さん合わない刻数え　志ん生腹痛黄金餅
お迎え音頭だもうすぐだ　ギャテーギャテーハラギャアテー

え〜、お正月でございます。おめでとうございます。笑う門には福来るとか。一席申し上げたいところではありますが、噺家ではありませんので、お話だけを申し上げて、ご挨拶といたしたいと思います。

我々を迎えてくれると思われる人たちの中で、噺家は現世で見ている数が一番多い。金馬、小さん、志ん生は勿論、今、あの世にいる噺家で、上方を除けば、貴方が名前を挙げられる人の高座は大方見ている。金馬は今こちら側にいるお笑い三人組の片割れではない。先代だ。じゃんがら声と言われたガラガラ声で、見事な出っ歯に金がかぶっていた。かぶっていたと思う。だから金歯を名乗っていると思っていた。小さんは数年前に上野で聞いたのが最後だった。発病の直前か、リハビリの終わりだった。顔が赤いなあと思ったが、噺にはよどみもなければ、おかしな点もなく楽しませてくれた。

落語に御託を並べるのは、私が落語を好きだということが一番だが、好きになった理由は料金が安いことで、結構寄席に足を運ぶことができたからである。

学生時代、学食以外で飲み食いしたものの値段は、全て五十円であった。それより安いものがなかったのと、それ以上高いものは食べられなかったからである。ラーメン、タン麺、いか焼き、餃子、ハイボール。全て五十円であった。その時、確か寄席は二百円くらいだったと思う。今から四十年前の寄席の入場料をご存知の方があったら教えて欲しい。寄席では、あの人もこの人もと出てきて、一人当たりで言えば五十円より安かった。

この世界の人たちは長生きが多い。その割に、早世してしまったのが志ん朝である。私と同じ昭和十三年の生まれだ。もっとも、三月十一日だから学年は一年先輩である。六十過ぎたところであわただしく、あちらへ行ってしまった。志ん朝をはじめて見た時、彼は朝太と名乗っていた。前座か二つ目になったばかりの時である。その時は歳が幾つだとか、同い年生まれだとかは知らなかった。思えば、高校を卒業して間もなくの時だ。最後に見たのは、東海市の公民館での出張高座であった。朝太の時と変わらないと思った。進歩していないということではなく、凄く早熟な噺家だったのだ。志ん生の名跡を継ぐとばっかり思っていた。親父は朝太を皮切りに志ん生まで十六回改名をしている。彼はわずか二回で終わってしまった。

志ん生といえば、酔っ払って高座に上がり、お辞儀をしたまま寝込んでしまった。それを客がそのまま寝かしておけと、粋な計らいをしたという伝説（？）がある。本来の落語をやらなかったのだから、虚偽表示だとかなんとかおっしゃる向きもあるかもしれないが、顧客満足度から言えば千金に値する。いわば、髭のない聖徳太子の一万円札みたいなものだ。鑑定団に出したら高値間違いなしだ。残念ながら、私はその場には遭遇しなかった。しかし、俺は見たんだよと人に話したくなる、自慢したくなる、志ん生の高座を見たことがある。まあ、聴いてちょう。

出囃子で座布団の上におさまり、お辞儀をした志ん生の頭に蝿がとまったのだ。手で追い払った。逃げた蝿は、又頭に戻った。二度目には客が少しばかり笑った。そこで志ん生、少しも騒がず「滑るってのは、こりゃあ嘘だね」。

馬鹿馬鹿しいって？　私の生涯の中では自慢できる話だ。百金くらいの値だ。

浪曲

さてさて昭和の御代の子よ　そろそろお迎え支度はよいか
先じゃ浪曲待っている　馬鹿は死んだよ石松完治
虎造摘んでる茶の香り　ちょうど時間となりました
お迎え音頭だもうすぐだ　ギャテーギャテーハラギャアテー

ラジオで結構浪曲を聞いた。良い調子で歌い上げ、話を進める。一番印象に残っているのは虎造であり、森の石松だ。その石松にちなんだ小噺を三つほど。

石松外伝1

浪曲師の虎造があの世に行って森の石松に会った。
虎「おぉ、石じゃあないか。元気そうだな」

石「おかげさまで。こちらに来てからは、酒も滅多にやらねえし、喧嘩なんぞはしたこともござんせん。すっかり馬鹿ぁ止めています」
虎「♪馬鹿は死ななきゃぁあ～ぁ治らないぃ～……♪　何回やったろう。死にゃあ治るとは思ってもみなかった。死ぬと治るんだ」
石「へえ。でも、死んでも治っていねえんじゃねえかと思うような野郎が、こないだ来やした。何を言っているのか言葉がよくわからないのでござんすが、どうもお前の腕を見込んでなど言っていたようです」
虎「何でえ。一体そりゃ」
石「なんでも、テロとか照るとかをやっつけるてんで、手を貸せと言われたようでございます。前世の怨念から覚めてねぇって按べえで、臭せいんだかフセインだか、要るとかイランとか呪文のような言葉を唱えておりやした」
虎「そいつぁいってぇ、どこの何てえ野郎だ」
石「名前は丈治と名乗ってやした。生まれは武州だそうです」

石松外伝2

　暫くして、又二人が会った。
虎「オウ、相変わらずか」

石「おかげさまで、と言いたいところですが、このところちょっとばかり」
虎「ちょっとばかり、どうした」
石「こないだ言った武州の丈治てのがまた来やした。奴も少し馬鹿が治ってきたようで、故郷の話をしやした。何でも、故郷は桜がものすごく沢山咲くいいところだとか申しておりました」
虎「武州の桜の名所ってえのはどこだろう」
石「ワシントコだとか、俺んとこだとか言ってやしたが、あっしも知りやせん。まぁお近づきに一杯、酒を飲みねえ、寿司を食いねえって勧めたら、奴さん、肉を食いねえ、肉を、てんで、見たこともない牛の肉とかを出されやした」
虎「美味かったかぃ」
石「俺はそんなものは食ったことがねえ、嫌れえだって断りやした。すると奴さん食わねえてぇとって、脅かすんで」
虎「で、どうした」
石「喧嘩するわけにゃあいかねえので、見えるようになった眼えつぶって、南無阿弥陀仏って言いながら食っちまいました。なんかその後、酒も飲まねえのに足がふらつき、妙な気分です。頭の方も又馬鹿になっちまったようです」

石松外伝3

暫くして、又二人が会った。

虎「オウ、足がふらつくとか言っていたが、どんな按配だ。おや、その眼はどうした」

石「お恥ずかしい次第でござんす」

虎「婆婆じゃあ見えなかった片眼がよくなっていたのに、又見えなくなっちまったのかい」

石「丈治の肉を食ったら、足がふらつくし、頭がおかしくなったって言って回ってました。丈治の耳に入ったらしく、余計なことを言うてぇんで、野郎の子分に頼まれったと名乗る刺客が送られてきました」

虎「お前ぇさん、強えのが自慢じゃなかったのかい」

石「それが、足がふらつくんでまともに斬りあえず、それとくのいちだったので少しばかり手加減をしたのが悪うござんした。眼の上からバッサリと斬られちまって。面目ねえとはこのことで。結局、生前と同じで、馬鹿で片目になっちまいました」

♪馬鹿は死んでもオ〜、治らぁな〜い〜♪　お粗末！

政治家

さてさて昭和の御代の子よ　　そろそろお迎え支度はよいか
先じゃ政治家待っている　　かっこつけつけマッカーサー
徳球真っ赤な嘘をつき　　吉田茂の馬鹿野郎
お迎え音頭だもうすぐだ　　ギャテーギャテーハラギャアテー

〝マッカーサーは次のアメリカの大統領になるのか〟小学校の二年生の頃、親に質問をした。終戦の年が小学校一年生だから、物心ついた時には戦争をしていた。戦争の中で暮らす。それが普通のことで当たり前だった。現代のパレスチナやアフリカの紛争多発地帯に生まれた子供たちも、何故だとかどうしてだとかなどと思ってもみないだろう。

それが急に今日から戦争は止めにしたそうだと言われた。双方とり疲れましたゆえ、戦争を止めることにしました。負けたという話は聞かなかった。

サイレンが鳴る。それは空襲警報や警戒警報ではなく、正午を告げるサイレンだった。そしてマッカーサーが支配する世の中になった。マッカーサーが支配しているということは新聞だとかラジオで見たり聞いたりしたわけではない。人々がマッカーサーは偉い、マッカーサーは万能だと囃したてていたからだ。日本は負けたのだということをいつの間にか理解していた。理想国家米国から日本を理想国家に改造するために来たマッカーサーは偉い人だ。

驚いたことに、そのマッカーサーはアメリカ人の中では一番偉い人ではない。もっと偉い人、大統領てのがアメリカにはいる。その大統領は選挙によって選ばれる。誰がなるのか決まっていない。それが親の答えだった。

お迎え音頭で、あちらで出迎えてくれる人は同胞の中から選んだ。唯一マッカーサーは同胞という範疇から外れる。しかしながら彼は日本に君臨し、一定の期間日本を統治した男だ。更には長年にわたって日本国憲法を遺し、その憲法の君臨期間は昭和天皇の在位期間を遥かに超えた。日本国家支配の源となっている。彼を同胞として数えずして、誰を数え入れるべきやである。

マッカーサーに頼もう。そうすればこの世は正しく明るいものになる。多くの人たちがマッカーサーにお願いをした。著名な人、無名な人がGHQに手紙を書いた。日本の現状を憂い、時には己の不遇を訴えた。あたかも人間宣言をした天皇に代わるあらひと神への祝詞奏上のように。

私や同年代の者は、ブッシュは馬鹿だとかけしからんなどと、会ったこともないのに言う。しかしマッカーサーの悪口はめったに言わない。もちろん、当時言論が統制されていたことはある。マッカーサーを中傷誹謗するの類は新聞もラジオもしなかった、および又はできなかった。それより何より、餓鬼としては飢えを免れさせてくれた恩人としての思い入れがあり、彼の悪口を言う気にならない。

それに引き換え、こちら側の宰相吉田茂は散々こき下ろされた。本来マッカーサーに向けられるべき事柄も含めて、彼は矢面に立たされていた。

吉田茂は保守反動、ワンマンと言われ悪賢い奴だと思っていた。しかしながら、戦後の総理大臣の中では、唯一の名宰相だ。彼の時代、やるべきことはなんだったか。絶対的第一項目は、国民を餓えさせないために、食料を得ることである。脱脂粉乳で我々は餓死しなかった。

第二項目は暫くして起こった朝鮮戦争への敗残兵動員を免れることである。敗戦国の兵隊は、多大なる失業者群であり、戦利品である。もっとも有効な利用法は次なる戦いに動員し、勝利者の兵の代替乃至は防御陣とすることである。日本人義勇兵の朝鮮派遣に対する米国議会での論議に、マッカーサーは不適当と書簡を送っている。彼は朝鮮戦争の当事者だ。兵員は絶対欲しい。押し付けられた憲法を楯にとって、日本政府が上手く立ち回ったに違いない。軍隊などもてません。警察予備隊が関の山です。朝鮮戦争勃発の直後に自衛隊の前身である警察予備隊は作られている。努力の程を見せている。

マッカーサー、吉田茂に並べて徳田球一を持ってくるのには異論があろう。私もこの並びは不愉快千万である。あの世で迎えてもらいたくもない。そもそも彼を政治家として扱うことにも抵抗を感じる。戦前は、彼が悪いわけではないが、監獄に入っていただけだ。戦後、出獄して五年ほどで公職追放されると、地下にもぐり三年後には北京で客死していた。

その五年間で何をやったか。北海道で天皇制廃止の演説をぶち、猛烈な反発を受けている。ソ連に占領されそうになった北海道で共産党の言うことに支持が集まるとでも思っていたのだろうか。加えて、そのソ連に抑留されていた日本人の保守反動分子は帰国させず、ソ連のために使えと書簡を送っている。

それでは何故徳田球一か。もっともらしい屁理屈を申し述べる。

当時吉田茂の白々しい嘘と共産党の真っ赤な嘘という戯《ざ》れ語があった。そこで吉田茂から、連想的に出てきた人物なのだ。それだけの話だ。ひどい話だ。

（弁解：以上の話はなんら根幹に遡って調査したりした事実はありません。信憑性については某国会議員のコピーメールと同程度と言われても、追加すべき証拠は何もありません。したがって、抗議を受ける前にお詫びをしておきます）

戦

ささて昭和の御代の子よ　そろそろお迎え支度はよいか
先じゃ戦が待っている　艦砲射撃焼夷弾
薯にすいとん米五勺　これも世のため国のため
お迎え音頭だもうすぐだ　ギャテーギャテーハラギャアテー

二月の初めに会合で上京した折に、靖国神社へ行った。初めてのことなので正面から入りそこねてしまい、脇の門から入った。そのためもあってか、思っていたより神社は小さいと感じた。働いていた頃は毎年のように神社に行った。安全祈願である。二拍手二礼などという参拝はそのときに見習っている。どこの神社でも教会でも遊山気分だから、靖国で世界の平和を誓ったわけではない。それでも小泉さんと同じく、ポケットから小銭を出して、お賽銭をあげた。形は一緒でも、彼の気持ちとは程遠い。

遊就館を見れば靖国の何たるかがわかる。右も左もそう言っている。時期的には私が行った後だが、韓国の大統領も一度行ってみたいと言ったとか。品格のある上等なジョークではない。

全般の感想としては、そんなものかなと思った。戦争を賛美しているなどという人がいるが、戊辰戦争以降の戦没者を祀っているということからすれば、どの戦争であれ、お前の闘った戦争は悪い、又はくだらない戦いだったなどとは表すわけがない。こういう戦争があった。かの地で戦ったと言っているだけだ。ただ、爆弾三勇士やラッパを放さなかった木口上等兵のエピソードなどは、全体を軽くしている。

意外だったのは、展示されている遺影の顔かたちがはっきりし、鮮明な物が多いことだ。凛々しい。これらの写真を見ていて思い出したのは、北に拉致された原さんの写真だ。原さんの遺された写真の頼りなさ。眼鏡と岡持ちらしきものがわかる程度だ。写真から彼が今もその時も寂しい人だったということがわかる。北に狙われた理由もそれらしいから、余計に哀れだ。

もう一つ意外なものがあった。阿南惟幾陸相の血染めの着衣である。あれは何のために展示してあるのか。彼は戦死者ではない。自決しているのだ。だから乃木大将と同じく合祀されるべき人ではない。乃木大将は明治天皇への殉死とされているが、旅順の戦いでの大量な犠牲者へのお詫びで腹を切った。阿南陸相の場合は違う。あの八月十五日の直前に七生報国を声高に叫び、ポツダム宣言受諾に反対した。一番情報を多く持っている男が何故反対したのか。空襲でしか情報を得られなかった一般市民ですら、もういけませんと感じていた。それなのに陸相は本土決戦を主張した。日本民族の滅亡を主張した。その主張がいれられなくて、腹を切った。終戦を支持した天皇への嫌がらせとすら思える。天皇や国民に責任をとった切腹とは思えない。その人の血染めの着衣はなんなのか。

関連して奇妙なことが気になった。この陸相の子息が中国大使を務めていたことだ。中国の領土を侵し、人々を苦しめた日本人。その事実は世紀が変わろうともなくなりはしない。ただ、時間はたち、友好条約でけりがついている。お前の親父は人殺しだ、お前の祖父は人殺しだ。お前の曽祖父は人殺しだ。我々一般市民はそう言って責めたてられている。それなのに、中枢にいた人の子息が日本を代表して中国にいる。彼は親父の墓参りに行かないか。行っても許されるのは、それを相殺して余りあるものが中国にもたらされるからなのか。

領事館に駆け込んだ脱北者を中国官憲が拉致するのを咎めようとも、止めようともしなかった。大使館や車に投石されても謝ってもらえない。白日の下でも中国をかばっているのだから、見えないところでは何をやっているかわかったものではない。ということなのか。親子とも日本および日本国民に対する思いが感じられない。

阿南陸相はA級戦犯ではない。中国は靖国神社にはA級戦犯が合祀されているから、参拝はけしからんと主張している。彼は東條英機首相についでの政府要人ではないか。A級と分類されなければいいんだべか。

東條英機。靖国に合祀されているA級戦犯の首魁たる東條英機首相について述べなくてはならない。しかし長くなりすぎるので読む方も疲れる。思いやりは大切だ。今日はここまで。

お札

さてさて昭和の御代の子よ　　そろそろお迎え支度はよいか
先じゃ大金待っている　　漱石そうかい諭吉よし
聖徳太子大好きよ　　金次郎など掃いて捨て
お迎え音頭だもうすぐだ　　ギャテーギャテーハラギャアテー

え〜、少しばかり長めの小噺を申し上げます。世の中、金、金、金。金なくしてはなんともならないことが多いものでございます。

中には金にトンと無頓着で、一億円貰ったのを忘れてしまったという、豪儀な方もいらっしゃいました。

今日は金といっても、お札の図柄に関わるお噺を一席申し上げます。

「コンチハ、ご隠居。お元気そうで」

「おや、八っつぁんじゃあないか、まあお入り。それにしても、ご隠居はないよ。確かに年金で暮らしてはいるが、平成の御代だ。お茶飲んで、猫を膝に乗せて、居眠りしているわけじゃあない」

「するってえと、なんかよからぬことを考えているんですかい」

「うん？　さっきから一万円札をつくづく眺めているところだ」

「次の年金が入るまでしばしのお別れなので、名残惜しんでいるわけで」

「なあに、まだ他に一枚ある……。うるさい！」

「さては、偽札でもつくろうてぇ算段ですかい」

「ハハハハ。それにしても、この一万円札の図柄は気に入らねえな」

「またどうして」

「福沢諭吉だろ。これがいけねえ。慶應の臭いがする上に、軽くて有り難味がない。気分よく貯めとるのは慶應ＯＢだけだよ。千円札でお茶を濁された東大ＯＢのようにマネーゲームにうつつを抜かす輩《やから》が出る。そうかと思えば、その他大勢はお札の方で居心地が悪いとみえて、すぐに懐から飛び出してしまい、貧乏人にされちまう」

「なんですかい。するってえと、金に関わる事件は元はと言えば諭吉さんが悪いので」

「まあな。思うに、お札の図柄じゃあ聖徳太子が一番だったな」

「でもご隠居、あの絵は聖徳太子じゃあないのではという噂を聞いたことがありますぜ」

「うん、杓を太子たるものが持っているのはおかしい。髭も後世の落書きだなどと言う学者もいるな。

別に、見た人がいるわけじゃあないから、皆がそう思えばいいじゃあないか」

「じゃあ、一万円を聖徳太子に戻してもらいますか」

「それもいいが、この間新しい札を作ったばかりだからな」

「それじゃあ、どうです。十万円札ってのは」

「八っつぁん。お前いいことを言う。そうしよう」

「そうでしょう。それがいい……。……」

「どうした」

「止めときましょう。自慢じゃあないが、家に十万円札が来るのは月に何枚もありゃあしません。ご隠居のとこだって年金だ。人差し指か中指ってところでしょう」

ご隠居、指を立ててつくづく眺める。

「……。十万円札な。十万円などという金額が家にあることは、近頃ないな。貧乏も窮まったということか」

「なんか悪いことを言っちまいましたか。すっかり考え込んじまって。ご隠居、金がねえのは貧乏だけってえわけじゃあござんせんぜ。家のカカアなんぞポイントが貯まるとか、現金で買い物をせずに、カードで買ってますよ。だから、家に金がないんじゃあ」

急に元気を取り戻したご隠居。

「そうだ。そうだ。金持ちだって……。……怪しい金を隠すには十万円札のほうがやりやすいかなあ……」

「するってえと、十万円札などはいらないことに……。諭吉さんの天下は続きますね」

「ふぅぅぅむ。そうだ、デノミをやろう」

「何ですかぃ。急に」

「百円を一両にするんだ。百両札と五十両札を作る」

「いいじゃありませんか。五十両、百両とくりゃあ、なんか大金持ちになったようないい気分だ」

「百両はアマテラス大神だ。素戔嗚尊《スサノヲノミコト》を五十両札にする」

「そりゃあいい。でもなんか、こう適当なお顔がありますかい」

「スサノヲは明治の頃のお札にあったそうだ。……今思いついたのだが、一流と言われる画家の何人かに頼んで、いくつか絵を描いてもらうってのはどうだ」

「へい？」

「その中から投票で選ぶんだ。そうして、当選した画家とその投票者の中から抽選で十名様に肖像選択者の名誉と賞金としてその紙幣百枚を渡すというのはどうかな。紙幣番号は作者が一番、続いて順番に配るのだ。いい番号の札を日銀のお方がネコババすることもなくなる」

「百枚てえと……、一万両ですね。しめた。大金持ちになれる」

「まだお前さんに当たったわけじゃあない」

「へえ。そりゃあそうです。それでも、百両ありゃあ大したものだ……。ご隠居。昔は十両盗むと打ち首ですぜ。十両は……てえと……、なんだ千円だ。千円で打ち首ってのは、北よりきついじゃありませんか」

「だけどな、八っつぁん。間男でも七両二分だ。七百五十円だよ。お前、時には助かるんじゃないかい」

「へへへ……。ばれましたか。十両で打ち首といえば、十両札は作らねえんですかい」

「もちろん作る。十両はノミノスクネがいいな」

「ノミノスクネってのは、相撲の神様のことですかい」

「物知りだな。そうだよ」

「相撲の神様じゃあ横綱じゃないですか。可哀そうじゃありませんか」

「横綱？　ノミノスクネといやあ相撲界じゃあ横綱なんてものじゃあない。とんでもなく偉い神様だ。でも神様の中じゃあ幕内にも入れねえ下っ端だ。十両がいいとこだ。十両でぴったりだ。……お後がよろしいようで」

テケテンテンテン……。


「ちょっと、ちょっと。待ってくださいよ。ご隠居。その落ちで終わらせたんじゃ困ります。まだ残っているのがありますよ」

「ふぬ……？」

「二千円札。お忘れですかい？」

「二千円札？……あれはそのままの絵柄で、二千円と書いてあるところを二十両と直すだけでいい」

「手抜きですか」

「いいや。あれはあの図柄が一番似合ってる」

「確か、源氏物語絵巻ですね」

「そうだ。源氏物語も二千円札も日本国民は皆知っているが、誰もまともに見たことがない。……お後がよろしいようで」

テケテンテンテン……。


「ご隠居。ご隠居」

「なんだい。まだ落ちが悪いのかい。酵素入り洗剤ほどじゃないが、綺麗に落としたつもりなんだがな」

「いいえ、いいえ。デノミで両に変えられてしまうと、こちとら余計にお金にエンがなくなってしまいます。……お後がよろしいようで」

テケテンテンテン……。

標準

さてさて昭和の御代の子よ　そろそろお迎え支度はよいか
先じゃ標準待っている　ＩＳＯ嘘糞を踏んづけて
居心地改善ＴＱＣ　みんな勝手にご自由に
お迎え音頭だもうすぐだ　ギャテーギャテーハラギャアテー

日米伯人の三人が乗った飛行機がトラブルを起こした。墜落直前と知り、揃ってお祈りを始めた。そこへ神様が現れた。
神「もうすぐ、この飛行機は墜落する。最後の願いがあれば言ってみなさい」
伯「ありがたい。あのスチュワーデスのムラータと一夜を過ごし、使い残しを全て放出してしまいたいのです」
神「うーん。少し時間がかかりすぎるなぁ」
日「私はそんなに時間はかかりません。昨日、話を途中にしてしまったＴＱＣの講義を終えさせてください。心残りでなりません」

神様が何か言いかけると、米人が割って入った。

米「私には時間は全くいりません。日本人が話を始める前に墜落させていただきたい。ＴＱＣの話は、もう沢山です。死んだ方がましです」

というジョークがある。

死を直前にしてＴＱＣだとか標準だとかはうるさい、勘弁してくれというのは米人でなくても思うだろう。でも、標準があの世にもあればそうは行くまい。

物を製造するときに標準というものがある。手本とか規範と言われるものである。物を作るのは機械がコトコト動いて作るように思われるかもしれないが、どこかで人間が関与している。人間は必ず何かの間違いをしでかす。知らないうちに、時には故意にしでかすこともある。それを仕組みとして何とか防ごうということで、標準化ということが行われている。

星新一の作品に人間が関与することなく機械が製造を行う話がある。人間が進化か退化かしてしまい、性別を失ってしまう。子孫を残すために科学者がマザーマシンなるものを作り出す。人間はそのマシンから生まれてくる。時が経ち、人々はマシンがどうやって人間を作り出すのか、種も仕掛けもわからなくなっている。この場合、機械がコトコト動いていて人間の関与は不要である。原料、資材、エネルギー、整備なども不要だ。品質保証もする必要がない。ここには標準など考えてもいない。神の領域になっている。

神の領域とは言いながら、どういうわけか日本神話やギリシャ神話の神様は、ほほえましくなるような間違いをしでかしている。キリスト教やイスラム教のような絶対唯一神は間違いなどは犯しそうもない。間違いを犯しているなどと言おうものなら、その神の名の下に殺されかねない。ただ、どの神様にしろ、造った人間共は誰もが何らかの欠陥をもっている。標準に基づいてそれらが造られていないからだ。その修理も整備にも保証はない。神様の製品の修理請負をしている人たちも同じ乃至は準じた行動をする。人間に不具合が生じ、痛くなったりして医者にかかると、医者は治そうとはするが、治ることを保証はしない。Ａの薬で治らなければＢを投与する。その場合ＡもＢも代金をとる。効かなかったＡは無料とはならない。工業製品の場合には、品質保証などという神様がやらないことをやる。テレビだって車だって、一定期間消費者に重大な過失がないのに不具合を生ずれば、無料で直す。

人間は生きている限り間違いをしでかし、嘘をつく。神様の中には間違いをするな、嘘をついてはいけないなどとおっしゃる方もいる。生前の行状で懲罰を加える方と、救いの手を伸ばされる方がいる。悪行三昧をしたつもりはないが、善行を積んだり、信じたりしたこともない。懲罰系に関わると怖いから、できればお救い系でお願いしたい。もし懲罰系だとしたら、あんたが造ったんだから出来のよいのも悪いのも面倒見てとお願いするしかない。

人間も、名人上手と謳われた人は自分の作品が気に入らないと、ぶん投げたり、ナイフで切り裂いたりして壊してしまったそうだ。神様てのは、工業製品を作っているつもりなどはない。芸術品を造っている。芸術に標準などはそぐわない。気に入らない作品は邪険に扱われても仕方がない。出来の悪いのはぶっ壊される。まさに天災だ。天災なら諦めるしかない。

さすれば、あの世には標準なんぞはない。未だにＩＳＯに関わっている多くの知人がいる。彼らはあの世では年金生活となる。

あの世

ささてさて昭和の御代の子よ　　そろそろお迎え支度はよいか
先じゃお仕置き待っている　　釜の蓋あけお湯が沸き
閻魔と赤鬼ボランティア　　五時間待ちの針の山
お迎え音頭だもうすぐだ　　ギャテーギャテーハラギャアテー

お迎え音頭は「あの世」で終わりです。死んだらどうなるのですか。心配で訊いているわけじゃありません。単なる疑問質問です。色々な宗教は何か示唆するところがありますか。

仏様。一切空。なんかそれもつまらないように思う。宇宙空間は我々のところへ光が到達しているところまでということのようだ。その先は何があろうとないのだ。やはり空だ。……すみません、ソラではなくクウと読んでください……

意識を持っているものが居なくなると、宇宙空間の手前も向こう側も同じことになるのだろう。

せっかくこんなに綺麗な宇宙があるのに誰も意識しない、気がつかないというのはもったいない。観客が一人も入らない壮大なテーマパークだ。そのテーマも愛地球ドテラコテラの環境などというものより、深遠で哲学的なものだ。

色即是空、空即是色。色をシキと読まずイロと読んで、仏様を茶化し、楽しむ世界の方が私は好きだ。

神様。〝神様は人間を造ったことはない。人間は神様を造ったことがある〟

その通りだろう。その昔、日本に来たザビエルさんはキリスト教に帰依した敬虔な女性信者の質問に答えられなかったようだ。

「ザビエル様。貴方の仰ることはよくわかりました。私は神を信じ、神に召されることを喜びとします。一つだけ心配なことがございます。貴方と貴方の教えを知らずに死んだ、私の敬愛する父母はいったいどこへ行ったのでしょうか。天国で両親に会うわけには参らないのでしょうか。悲しいことです」

ザビエルさんは即答できず、法王庁に回答を求めたとか。

何方か法王庁の模範解答をご存知ですか。

近頃流行の自爆テロ。あれをやって殉死すると、天国へ召され八人の乙女にかしずかれるのだとか。天国なんだから、八人の乙女も何か善行を積まないと、やってはこられまい。善行を積んだ挙句が、男にかしずくんじゃあ、莫迦くさくはないか。それとも彼女たちも自爆なのか。男女のバランスがひどく悪いように思えるが、どんなもんだろう。そんなことがコーランに書いてあるのだろうか。神道。日本古来の神道の場合、死んだらどうなるのだったっけ。いざなきが行った黄泉《よみ》の国では、いざなみは蛆虫にたかられて、ひどい姿になっていたあれは困る。嫌だ。

国に、権力に叛《そむ》いて憤死し、死後権力者に祟り、神社を立ててもらう手はあるが、今の日本じゃあ国賊などという偉そうなものになる名目がない。勿論、人々に大いなる善行を施し、尊敬を集める人になれば小さな神社の一つぐらいは何とかなる。神社は何とかなっても、善行だとか尊敬だとかは、無理だ。戦死して靖国神社に入れてもらうのも、専守防衛、平和国家だけに困難を極める。

エト嘶

エト患い

ウシろ向かずに突進しコロナ撲滅初日の出

大昔の話です。年の初めに神様が動物を招いて干支を決めた話はよく知られています。足が鈍いからとて早めに出かけたウシの背中に乗って、お社の門に着くと背中から飛び降り一番乗りを果たしたネズミが干支の一番目となり、乗せてきたウシは二番目となりました。この数日前に、招かれた日にちを忘れ、一日遅い日をネズミから教えられたネコは選考に失格となり、干支に加えられませんでした。それでネコはネズミを追いかけ回しています。これは多くの人たちがよく知っているお話です。よく知られていないお噺をします。

大昔が過ぎて、かなりの昔になりました。

ウシが閻魔の庁にネズミを訴えました。大昔、ウシは干支を定めるに際して、ネズミが背中に乗って自分を出し抜いたことは、大目に見たとされています。実は、文句を言おうとは思いましたが、すぐ後ろにトラが来ていて今にも食いつきそうな勢いでしたから、その場を早く立ち去りたい気持ちもあったから止めたのです。それがかなり昔に至ってから訴えることになったのには訳がありました。ウシは気のいい奴だとすっかり舐め、ネズミは畜舎に入り込んで餌を食い荒らすやら、駆け回るやらと傍若無人な振る舞いを続けました。ウシは干支における不正もあるし、併せて日頃の悪行三昧に耐えられなくなって訴えでました。閻魔の庁はこれを受理し、原告と被告の他に関係者を証人として出廷を求めました。

時が大分経っていたため、全員が出席とは参りませんでした。出席したのは、原告のウシ、被告のネズミに加えて、ウマ、トリ、イヌ、イノシシの六匹でした。他の六匹の動物はそれぞれ欠席届を提出しました。

トラ本人は出席を望んだのですが、原告のウシが、トラが側にいるだけで怖くてならないので断るよう要請し、それが認められました。トラはおかしい、不正だ、異議ありと連邦裁判所に申し立てましたが、却下されてしまいました。

もっとも、閻魔の庁の鬼どもは、閻魔大王がトラを怖がっているのだという噂話をまことしやかに語り合っていました。どうやらフェイクニュースだったようです。トラの訴えは根拠が曖昧だなどと却下されることが多いようです。ウサギは大腿骨骨折による入院加療という診断書を出しました。木の根っこにぶつかって負傷したということです。これは世の中に知れ渡り、お話や歌にまでなりました。タツは一身上の都合とだけ理由を書いてきました。なんでも、落とし子がいるのがバレて、面白おかしく世間に吹聴され、謹慎しているようです。他に入院中という者もいました。ヘビは腹部の異物摘出手術を受けました。執刀したのは素戔嗚尊《スサノオノミコト》という男でしたが、達人との噂の割には下手クソで、術後の回復が遅れてしまいました。摘出されたのは剣で、天叢雲剣などと銘をつけ名品扱いを受けているようです。サルは木から落ちてひどく尻を打ち真っ赤に腫れ上がって動けないとの診断書を提出しました。三週間の入院加療を要すると書いてありましたが、日付欄は手書きでした。表題も「休場届」となっているのをボールペンで消し、「欠席届」としてありました。訂正印は押してありませんでしたが、ハンコ無用の庁令が出され有効と判断されました。庁令暮改という言葉がこの時から始まったという説もあります。変わった理由の欠席届を出したのはヒツジです。ヒツジはすっかり毛を刈られて、丸裸になってしまっていて、閻魔様の御前なんぞには恥ずかしい、そもそも失礼に当たるからご遠慮申し上げたいということでした。

裁判が行われました。原告ウシ、被告ネズミです。証人として出席したのはウマ、トリ、イヌ、イノシシでした。

ウシはネズミの干支選定における不正とその後の餌の窃盗行為をダラダラと述べました。

ウシは言いました。

私は我慢を重ねてきました。しかし怒りを直接ネズミに向け、ネコのようにリンチに及ぶようなことはしないつもりです。あくまでも法律に則って行動します。法治主義を貫きます。

ネズミは言いました。

干支選定の時、確かに牛の背中に乗せてもらいました。しかしちゃんと挨拶し許可を貰ったつもりです。いわば合意の上での出来事です。また、牛舎のおける餌の横取りですが、いつもウシは大食いのくせに、いい加減な食べ方をして、食べ残しは目に余るほどの多さです。私は余剰廃棄食料の有効活用をはかっているだけです。決して盗むなどということをした覚えはありません。

これを聞いていたウマが泡を吹き嘶《いなな》き、足を蹴り上げて、俺の方がたくさん食べると大声を上げました。閻魔様がこれを咎め、ウルサイ、どこのウマの骨だと言いましたが、ウマは馬耳東風と騒ぎ続けました。あぁ野次馬かと閻魔様は納得された様子でした。

ニワトリは、私も同じ目に遭っている。餌だけでなく卵まで持っていかれたと羽を打ち鳴らし、鳴き叫びました。しばらくあることないことを突き回していましたが、急に温和しくなりました。尾羽打ち枯らした様子でした。

イヌは賢そうに皆の様子を見ていました。それを見たウマが、お前はなんとかの犬か、長い尾に巻かれろで、何も言えない。だから負け犬って言われるんだ。そう言われた犬はあらん限りの声を振り絞って吠え立てました。それでも閻魔様が怖いのか、法廷の一番端っこで吠えていました。犬の遠吠えです。

イノシシは法廷の隅っこでしゃがみ込んでいました。どうせおいらは干支の一番尻ッポだからと拗ねていたのです。その隣へ犬が来て吠えだしたので、ウルサイってんで、犬に突っかかりました。怒った犬が唸り噛みつき、廷内は騒然となってしまいました。鬼どもは一同を鎮めるために金棒を振り回しました。

なんとか鎮まったところで、閻魔様は宣言しました。

被告原告はもちろん証人に至るまで、真にもって不届きである。始末については追って沙汰する。これにて本日は閉廷！　一同の者、立ちませイ!!

思っていたより早く閻魔の庁から沙汰がありました。全員呼び出しの上、お仕置きがあると呼出状に書かれていました。このたびは誰も一番になんぞなりたくありません。お互い譲り合いながらの出廷で、穏やかなものでした。

お仕置きは、原告、被告証人の区別なく、お灸と注射でした。子供の頃、悪戯をするとお灸を据えるぞ、注射をしてもらうぞ、などと脅かされたものです。

一同は温和しく鬼どもからお仕置きを受けました。

かなりの昔から、時間が過ぎていきました。多くの動物たちがそれぞれそれなりの生活を送ってきました。それなりの生活の中で時として患うこともありました。特定の動物に特有の症状が出ることが結構ありました。あのとき打たれた注射の副作用では、いや、副作用ではなくウィルスや病原菌そのものを打たれたのではなどと、痛さつらさに耐えかねて口走る者もいました。人々は「えとわずらい」と囃しました。後に脚気を「江戸患い」と言いましたが、これはその盗用、駄洒落とされています。歴史は作り替えられるなどという識者もいます。どうもあのお仕置きでされた注射で副反応が出たのではという説に与したい気がします。

その副作用です。一番いろいろな病気にかかったのがネズミでした。ペスト、チフスなど人に感染する病気が多く、人はネズミを嫌い彼らの退治を試みました。ネズミは繁殖力があり、なかなかうまくいかず今でも世界中の多くの人家などにも巣くっています。犬は狂犬病を発症したりしました。人との付き合い方が上手でうまくやってきたおかげで、予防注射などを作ってもらい喜んでいます。トリは鳥インフルエンザ、イノシシはトンコレラをよく発症します。彼らもワクチンなどを人間に作ってもらいましたが、仲間が空を飛び、地を駆けるので、時に処分などというオゾマシイ扱いを受けたりしています。牛と馬は痘にかかりました。牛痘、馬痘と呼ばれています。ジェンナーという人のおかげで、牛痘はすっかり名をあげました。最近では、あれは馬痘だとされ馬を乗り換える動きがあるようです。

時は移って、二〇二〇年の暮れ。

ネズミが閻魔の庁に召喚され、任意の事情聴取を受けました。青鬼が聴取を行いました。

少しばかり意外な展開がありました。ネズミの前に、コウモリが取り調べを受けていたのです。内容はコロナに関するものでした。最近、人間の間で猛烈に広がっているコロナウィルスは自分がうつしたものだとコウモリが自首してきたのです。ただ、ウィルスはその昔ネズミがお仕置きを受けて注射されるべきところ、すっかり誑《たぶら》かされてしまい、身代わりとなって注射を受ける羽目になったのだと供述しました。その結果、かなりの昔から今日に至るまで、軽症ではありましたがコロナの症状が出ていたようです。身代わりになるには、羽の部分を隠せば顔は似たようなものなので、青鬼を騙すぐらいは簡単だとも言いました。取り調べた青鬼はムカッとしましたが、顔を真っ赤にしてこらえました。この供述の裏付けをとるためにネズミは任意聴取されたのです。ネズミはずいぶん昔のことだから記憶にないなどと言っていました。それが急にオドオドし始め、ついに全面自供を始めたのです。そして大筋でコウモリの供述を認めました。大声を出し威嚇をしていた青鬼が急に優しくなったからです。そうです。脅すのをやめ、猫なで声でスカス作戦にでたのがうまくはまったようです。

閻魔の庁ではコウモリとネズミの供述調書を元に、罰を協議しましたが、何しろかなりの昔の出来事であり、時効が成立しているということで、両者ともにお咎めなしとしました。

青鬼が閻魔様に不服そうに言いました。こんなに世間を騒がせているのに、なんともできないのは法律に不備があるのでは、などと言いました。赤鬼までが特別措置法の改正だとか言い出す始末です。黒鬼が話に割って入りました。そもそもは俺たちがした注射のせいではないか。それをコウモリやネズミのせいにするのは如何なものか。皆、注射ゴッコを楽しんでいたヨ。閻魔様は言いました。そうだ。だが実行したお前たちが悪いのではない、管理責任はこの閻魔にある。ねずみ年も終わる。来年は丑年だ。ネズミの影響も削がれ、何とかいい年になるだろうヨと。さすが庁の最高責任者です。見事、話をまとめました。来年の話に赤鬼が笑いをこらえながら、閻魔様に尋ねました。それでコロナは収束し、我々鬼もマスクなしで生活できるようになりますか。閻魔様は少しばかりいやな顔をして答えました。わしは裁きの専門家である。三権分立である。コロナなどの感染症は疫病神の管轄だ。

おトラ噺

虎の尾を踏んづけられてたまるかと今年も目指そう年の暮れ

えー、新春でございます。おめでとうございます。

できるだけ楽しげなお噺をいたします。適当なお噺ですから、いつの頃のことか、どこの出来事などかはよくわかりません。

あるところにお爺さんとトラが一緒に住んでおりました。なんでも、トラがごくごく小さい時に山の中で見つけて連れ帰り、もう何年も一緒に暮らしておりました。お爺さんによれば、トラはお爺さんの言うことを大方理解しているし、お爺さんもトラの気持ちがなんとなくわかるということです。もう一人、この家にしょっちゅうやって来る少しばかり得体の知れない爺様がおりました。この男の得体が知れないのは、喋る言葉が片言というか、不明瞭というか、よくわからないので、どうにも得体が知れないという感じになっていたようです。それでも、お爺さんと爺様とトラ、二人と一匹は仲良く付き合っていました。

住処はポツンと一軒家というやつです。近所に人はいませんから、トラに危害を加えられたとか、怖いとかうような苦情を申しこまれることもありません。

お爺さんの仕事は猟師です。家の周りには畑もあり、自給自足の気楽な生活でした。トラはお爺さんと一緒に出かけることが多かったのですが、気が向けば一匹で出かけたりしました。

時にはトラがウサギを咥えて、お爺さんにお土産に持ち帰ったりすることもありました。

お爺「おい、トラのお土産だ。一緒に食べるベイ」

爺様「トライッパイ。オレタイシッパイ」

お爺「こいつは他に捕まえたヤツを腹一杯食べてきたようだナ。俺たちだけでご馳走になろう」

トラはいつも調子がいいわけではなく、最近ではしょんぼり帰ってくることの方が多くなっていました。

爺様「トシ、トシ」

お爺「こいつとの付き合いも、もう二十年近くなる。俺たちも歳だけどトラの方がトシがいくのが早い。もうジジイだ」

トラは幾日か続いて帰らないことがありましたが、暫くするとひょいと帰ってきます。このあたりは柴又の方と似ております。ご機嫌がいい時と悪い時がありました。

爺様「フレレ。トラスクナイ」

お爺「そう言えば他のトラを見かけたという話も近頃は聞かんな」

爺様「シラヌゾンゼヌ」
お爺「狸は結構見かけるがナ」
爺様「トラ、タヌキカワさんヨー」
どうやら、トラの世界も少子高齢化が進んで、出かけても伴侶に出会うこともなくなっているようでした。二、三日帰ってこないこともありましたが、近頃では一日留守にする程度でした。当人も歳のせいで相手や獲物を探すことに熱が入らなくなっていたようです。
爺様「オケツニイラズンバ、コジイラズ」
お爺「虎の子も出会いがなけりゃぁ無理だしな」
お土産の方は少なくなっておりましたが、自分が食べる程度の獲物には不自由していなかったようです。
この度、トラは幾日も帰ってきませんでした。
お爺さんは、もしかして好い相手でも見つけて、居続けているかもと期待半分、心配半分で過ごしておりました。
一、二週間、一月ばかり経ってしまいました。
爺さんは可能な限り自分も出かけて探し、出会った人には見たことや知っていることはないか、尋ねて回りました。爺様にも頼み情報交換をしておりました。

ある日爺様が息せき切ってきました。

爺様「トラハヨープーサンハンニ……」
爺さん「ウン？　トラは釜山にいるのか？　よし！」
爺さんは早速知り合いを探し出し、トラの捜索を頼みました。残念ながら、結果は芳しいものではありませんでした。厳しい情報もありました。釜山にトラがいるわけはない。そもそも、清正公がやってきてトラ退治をした結果、以来虎は住み着かなくなったと言われました。爺さんがションボリしているところへ、爺様がやって来ました。
爺様「トラハヨープーサンハンニ……」
爺さん「トラは釜山なんかにいないゾ。まだそんなことを言っているのか」
爺様「……ヨープーサンハンニン……」
爺さん「プーサン犯人って言ってるのか？」
爺様「ンダダダダ……」
爺さん「プーサンてのは、あの偉い人のことか？　お前、そんなことを言ったら反逆罪、軽くても騒乱誘導罪で捕まっちまうぞ」
爺様「イケマシェーン……。トラ、ハエタタク」
爺さん「虎も蠅も容赦しないって言ってる人だ、トラの身が危ないじゃあないか。でも、蠅はおろかコウモリもまだ結構いるということだ。もしかしたらトラも大丈夫かもしれない」
爺様「イケマシェーン……。バッハタノメ」

爺さん「うん？……、バッハさんに頼めば安否ぐらいはわかるかもな」

明くる日、爺様がやってきました。爺様にスポンサーがつくわけでもないし、バッハさんへの連絡なんぞとるなんぞは無理に決まっています。他に手立ても見つからず、黙りこくってお互いため息をついていました。

何とそこへ、トラが帰ってきたのです。少しびっこを引いていましたが、元気そうでした。爺さんは何故、どこへ、どうやって、など矢継ぎ早に訊きました。トラは返事をしませんでした。

外へ出てゴソゴソやっていた爺様が新聞を持ってきました。

「タイガーウッズ復活」の見出しで、タイガーが車の事故で足の切断危機から立ち直り、復活したという内容でした。お爺さんがトラにその記事を見せると、トラは満足げな表情を浮かべました。

お爺さんとトラ、爺様はその後も楽しく相変わらずの生活をしているということです。めでたし、メデタシ。

稲羽の白兎伝

マヤかしの予言なんぞに惑わされ何のインカか早とちり
この世の終わりは今日かアステカ

えー、世の中、思いもよらないことが起きたりすることが間々あります。自分じゃあそんなつもりで言ったんじゃあないのに、不届きである、怪しからんなどということになり、クビになっちまうエライ方なんぞもお見えのようでございます。この度は、十月でこの世も終わりと思っていたところ、上手い具合に卯年の終わりが迎えられそうでございます。少し先走ってではございますが、卯にちなんだお笑いを申し上げて時間を頂戴いたしたいと思います。

八「こんちわ」
隠「おぉ、八っつぁんかい。まあ、お上がり」
八「おや、ご隠居。なんか寂しそうな顔をしてますね」

隠「うぅん。まぁな」
八「どうかなすったんで」
隠「実はな、私もやめなくてはならないのかと思いだしたんだ」
八「へぇー。やめるってぇと何ですか、ご隠居もヤの方とのお付き合いがバレたんですかい？」
隠「なんだい？　そのヤの方ってのは」
八「近頃、おヤクザ様との付き合いがバレてお辞めになったり、辞めると噂されたりしている人が大勢います。御隠居もその口で？」
隠「私ゃぁそんな付き合いは金輪際ないよ」
八「じゃあ一体何なんですか？」
隠「お前さん、マヤの予言を知っているかい？」
八「マヤ？　ヤじゃぁなくて、マヤですか。マ抜けじゃあないって言いたいんで？　マーヤだ。あぁ、もしかして、来年の十二月に人類が滅びるってやつですか？」
隠「そうそう。よく知っているな。それなら話が早い」
八「ほほぉ、えっへん」
隠「それが、算盤勘定が間違っていて、今年の十月二十八日だという話は知っているかな？」
八「へー。とんと知りません」
隠「よく知っていると言っても、そこまでだな、えへん」

八「おや、鼻の穴が膨らみましたね」

隠「もし十月二十八日に人類が滅びてしまえば、何を書こうと言おうと見聞きしてもらえない。だから私の駄法螺を聞いたり、読んだりしていただいている方に、これが最後になるかもと、十月初めにお暇《いとま》申し上げたんだ。お前さんには言わなかったかな?」

八「ふむ、ふむ。そういやあ、そんなことを聞いたような気もします」

隠「ところが二十八日には何も起こらなかった。わしもお前さんも、皆が命長らえた。だからつくれば皆さんに見てもらえる。だけどなんだ。私が駄法螺をつくるのを止めたということになっちまったみたいだ」

八「駄法螺を止めるつもりなんかないというわけですかぃ」

隠「これが唯一つだけの老後の楽しみだ。できれば止めたくない」

八「御隠居は止めるとは言わなかったんでしょ。じゃあ続ければ」

隠「いいのかい?」

八「どうぞ、どうぞ。ヤに絡んでいないし、止めると言っていないんなら続けてようござんしょうが」

隠「そうかい、有難う。なんだな、そう言われると元気が出てきた。早速だが聞いてくれるか」

八「いやぁ、現金なもんで。急に顔色がよくなりましたね。これも老人福祉のためだ。聞きましょう。人助けってのは気分がいい」

隠「さすが八っつぁん。いい友達を持ったもんだ」
八「いやー、そう褒められると、つまらねえ話でも聞かなきゃならねぇ」
隠「じゃな、八っつぁん。そうだな。生まれ変わった気分で、お話の出発点だ。今日は稲羽の白兎の話をしよう」
八「大国主《おおくにぬし》のあれですかい。えらく古い話だ」
隠「そうだ。物語のはじめみたいなものだ」
八「今時あんな話は、うちの孫でも喜びませんよ」
隠「まあお聞き。お前さんが知っているのは、あれは作り話。今から話すのが本当の話だ」
八「さいですか。じゃあ、聞かせていただきましょう」
隠「兎が鰐鮫《わにざめ》を誑かし、怒った鰐鮫に傷つけられた。それを八十神《やそがみ》が海水で洗わせ、大国主命が真水と蒲の穂綿のところまでは同じだ」
八「はぁ」
隠「喜んだ兎は大国主に、いい加減なことを教えたお兄さんたちはヤカミ姫とは結婚できず、貴方が結婚できますと言ったんだ」
八「そうなったんでしょう」
隠「うんにゃ、そうはいかなかったのが本当のところだ」
八「ははぁ、歴史の改ざんてぇやつですか」

隠「そんな大げさなものではない。わしの話もちゃんと伝わらなかったように、なんせ昔の話だから、しだいに変わってしまったのかもしれない。八十神がヤカミ姫といい思いをして、遅れて行った大国主は冷たくあしらわれてしまった」

八「そこから始まるわけですか」

隠「そうそう。帰りに兎と再会した大国主はここぞと文句を言ったのだ」

八「兎が嘘をついたからですか」

隠「だいたいが、兎は嘘つきの癖があっていいな。鰐鮫も誑かしたし、大国主にもいい加減なことを言ったのだ」

八「虚言癖があるのですか。悪い奴ですね」

隠「でも、どちらもいい勝負なのだ」

八「いい勝負？　一体どういうことですか」

隠「大国主もいい加減なことを言ったな。真水で洗い、蒲《がま》の穂綿に包まれば治るなんてえのは嘘なんだ」

八「じゃあ海水で洗うのが正しいのですか？」

隠「そう。消毒と洗浄の両方をやらんと雑菌が繁殖して、赤むけの皮膚がやられてしまうのだ。鰐鮫のような肉食系の奴の歯にはばい菌がウヨウヨしている」

八「へー」

隠「だから真水と穂綿だけで済ましたもう一羽の兎は敗血症で死んでしまった」
八「そんな病名までわかっているんですか」
隠「まあな。いいじゃあないか。そういうことだよ」
八「生き残った兎はどうなったんですか」
隠「そうそう。お前も嘘つきじゃあないかと兎に言われた大国主は、この野郎ってんで兎を蹴飛ばしたな」
八「乱暴ですね」
隠「蹴飛ばされた兎は吹っ飛んで、山から転がり落ちた」
八「転がった」
隠「兎は木の根っこに当たって、気絶してしまった」
八「可哀そうに」
隠「丁度そこで野良仕事をしていた男がそれを見つけた」
八「そんな歌があったようですが」
隠「その通り。後に歌が出来た。歌のように、男はそれから仕事を放り出して、毎日兎が木の根っこにぶつかるのを待っていた」
八「歌ではその先がよくわかりませんね」
隠「うん。一向に兎がぶつからないので、男はその時見た神様と兎の絵を描いた。まぁ退屈もしていたが、神様にもう一度兎を蹴飛ばして下さいと頼んだのだな」
八「聞き届けられましたか」
隠「大国主がまた次の年そこを通った」
八「また兎を蹴っ飛ばしてくれたんで？」
隠「うんにゃ。男の描いた絵を見て言ったな」
八「何と？」
隠「ウが自分の隣に描かれているのは気に入らぬ。隣には鼠を描くように」
八「鼠ですかい。そう言えば大国主は大黒様。大黒様の隣には鼠が描かれていますね」
隠「その通り」
八「でもどうしてですか？」
隠「この時大国主は言ったな。ウは嘘つきじゃ。今までウと呼んでいたが以降ウソツキと呼べ、そのような者を余の隣に描くな」
八「ウソツキですか？　ウサギの始まりは嘘つきで？」
隠「お見事。ウソツキがつまってウサギとなった」
八「ウソツキがウサギねぇ。御隠居。少しばかり無理筋じゃあないですか」
隠「無理かい？　実はこれは俗説」
八「俗説？」

隠「そう。大国主は言ったな。なんだ、ウのやったことは詐欺同然ではないか」
八「ウが詐欺を？　それでウサギ?!」
隠「お見事、お見事。言うことなし」
八「なんか、木久翁並みの駄洒落ですね」
隠「そうかい。でもお前、その木久翁並みというのは褒めているのか、けなしているのか？」
八「え、どちらでも結構です」
隠「ははぁ、馬鹿にしたな。お前だって、さっきマーヤだなどと同じようなことを言っていたじゃあないか」
八「だからご隠居とは馬が合う」
隠「ウマではない、ウの話だ。マ違いだ」
八「いくらやっても、あんまり代わり映えしないように思うけど、まあいいや。ついでながら、もしかして鼠も大黒様の御命名で？」
隠「八っつぁん。お前、頭がいい」
八「いぇ、それほどでも」
隠「大黒様の荷物、あれは旅の食糧が入っているのじゃが、鼠は夜中にその番をしている家来なのだ。寝ずに見ているのじゃ。寝ず見」
八「へぇ、それでネズミねぇ」

隠「そのとおり。干支でも鼠が先で兎は後になっているのはこの時以来の順序立てだ。まぁ兎の方は以来鼠を恨んでいるようだがな」
八「確かに。ネ、ウシ、トラ、ウ、タツ……。ちょっと待って下さいよ。鼠と兎の間には牛と虎がありますよ。一体ありゃぁ何ですか?」
隠「?……うぅん。確かに子と卯の間には丑寅がある。丑寅と言ゃぁ鬼門だ。子と卯の仲が悪いから鬼門で分けている」
八「…………?」
隠「?……それは疑問。わしが言ったのは鬼門だ」
お後がよろしいようで!

辰の落とし語

今年しゃ辰年何が辰
パチンコ狂がいきり辰
家じゃオッ母ぁの腹が辰

えー、明けましておめでとうございます。今年は辰年だそうで、なんでもタツというのは好いものでございます。何がですか。好いじゃあございませんか、なんでもです。

ところで、♪今年しゃ辰年……♪　この唄はご存知ですか？　ご存じない?!　イエィェ、私が作ったんじゃあございません。そちらはご存じで！　そうです。あの三木鶏郎先生でございます。その昔、日曜娯楽版というＮＨＫのラジオ番組がありました。そこでやっていた歌です。続いてブラブラブラブラブラブラブラーという合唱が入ります。いえ、ブブゼラではありません。どういうわけか、辰年が来るたんびにこの歌が頭に浮かびます。そういう歌ってぇのは誰にでもあるんじゃございませんか。

辰年の初めにということで辰のお噺をと思っておりましたところ、お隣の将軍様が亡くなられたとのことでございます。そこでと言っては何ですが、お隣様に話を切り替えようと思います。辰のお話はまた次の干支ということにさせていただきます。お許しください。この度は、題して辰の落とし語でございます。ここまでは竜頭で、以下は蛇尾か蛇足だろう、でございますか。

まぁ、年の初めということで、お平らに。お平らに。さっそく始めさせていただきます。

あのお方は、どう考えても、自国民には飢え、隣国には拉致しかなさらなかった方でございますナ。国民にも世界にも好いことはなさいませんでした。しかしながら、私としましてはこの方には、大層お世話になりました。え？　松茸でも貰ったかですって。いえいえ、私は松茸は嫌いで食べません。私の松茸嫌いは結構知られていますから、松茸による懐柔などで疑われる心配はありません。勿論、恩義を感じてその死に涙する、哀悼の意を表すなどということではありません。お世話になったのは、あの方の言動などについて、小噺やら悪態やらに何度も利用させていただいたということでございます。これでおしまいかと思うと、残念でなりません。埋蔵金がなくなってしまったような気分です。せめてこれからはあの世とやらでの行動を推察して、お話を捏造するくらいなことで使わせていただきます。捏造はお好きのようでしたから、よろしいのではと思います。

なんでも将軍様は汽車でお出かけの途中で亡くなられたそうで。亡くなられたのが朝八時半頃とか。発作が起きたのは、延命処置などを考えれば、それより二時間くらいは前でしょう。するとてぇと六時頃にはすでにご乗車の筈です。六時前に汽車に乗るためには、かなり早起きをなすったんでしょう。うがい手水に身を清め、ご飯を食べて、余所行きに着替える。私なんぞは寝ボ助ですから、六時の汽車に乗るなどというのはとても、とても無理です。嫌です。駅まで行くには何時に起きればよろしいのでしょうか。遅くとも五時には起きていたのでしょう。将軍様は私より若いのですから、本当はもっと寝ていたかったのではないでしょうか。公務というものは大変なようで。無理して早起きして、北緯38度以北の冷たい風に身をさらし、それは心臓に響くのは間違いありません。それを承知で働かせるなんぞは、お付きの方や医師団は、炭鉱送りか、銃殺ものではありませんか。何かがあって、それらの人々が自分たちのために何らかの必要処置をやっちまったというのなら、話が通じます。合点がまいるというものです。

それにしても将軍様は汽車がお好きでした。どこへ行かれるのも汽車をご利用でした。中国へは何度も何度もチンタカチンタカと。

誠に恐れ多いことながら、このご様子を見ていてその昔を思い出しました。

終戦直後のことでございます。焼け野が原になった当地豊橋。未だに走っている市電は当時もありましたが、路線を外れると交通機関などという物はありませんでした。親子三人で歩いてよく出かけたのは親戚です。この界隈は農村地帯で、東京や大阪などの都会とは違い、近くに食料はまずまずありました。あっても手に入れるにはそれなりの手段が必要でした。焼け残った衣類など、なにがしかの物を持っていき、米や野菜などを頂いてくる。頂く側も頂かれる側も、それぞれの、まァ見栄と言いますか、意地と言いますか、そんなものがあるわけで。親戚だからって、只でもらうのはよろしくありません。あちらの方も、世間相場並みの物を受け取ったのでは、ぼったくりという気がいたします。相場よりかなり少ない衣類と相場よりかなり多い食料とが交換されたわけです。いい塩梅に、農作業の行きか帰りと思われる牛車によく出会いました。その時はお願いして端っこに乗せてもらったものです。

この牛車の歩みと、汽車で出かける将軍様の姿が、どういうわけか重なってしまうのです。将軍様の場合、軽々な物々交換などとはいかないでしょう。国の見栄も外聞もありますわな。何を持っていったのでしょうか。朝貢のやり方は大昔からどちらも慣れていますから、そんなに難しいことではないのかもしれません。持てる者と持たざる者の関係は、当時の親戚と私たちのそれに似ていて、将軍様の汽車が余計に牛車を思い出させました。そういえば、乗せてくれたお百姓さんが、残ったからと大きな握り飯をくれたことがありましたっけ。頂いたおにぎりは家に持ち帰り、雑炊にして食べました。銀シャリのまま食べたかったのですが、雲気で腐っていてはいけないからと、母親は火を通しました。将軍様のところでは、中国から頂いた食料品は一度火を通しているのでしょうかねぇ。それなりに警戒はしているという噂もありますから。私？　私は天津甘栗だけは食べます。他？　ご遠慮いたしております。

北と中国、私たち家族と親戚、お百姓さんとの関係が、似たようなものに思えます。

もう一つ思い出すことがございます。

私は脅かされてもいませんし義理もありませんから、普段は将軍様などと丁寧に呼ぶようなことはありません。ここでは精一杯のお世辞を使ってそう呼んでいるようなわけでございます。え？　お前が将軍様という時、徳川様には丁寧語で、北の時には差別用語だと言ってたではないかですか。そんなこと言いましたか。なるべくそのような使い方はしないようにいたします。ハイ。だいたいは隣の金ちゃんと言っているつもりです。実は、その隣の金ちゃんから思い出すことがあるのです。これも少し恐れ多いことではありますが、申し上げることといたします。

これも昔。牛車と同じころのお話です。「エノケン・ロッパの新馬鹿時代」という喜劇映画がありました。今改めて古い話だと認識いたしました。「えのけん・ろっぱ」と入力・変換しても出てきません。古くても気の利いた幽霊なら手ぐらいは出しそうなものです。でも出ません。そのくらい古い時代の映画です。かなりヒットしたと思います。もしかしたらご存知の方がお見えではないでしょうか。挿入歌がありました。

「♪隣の金ちゃん闇屋さん。闇をやめては飯食えぬ。ちょいとイケますイケません。一千万円飛び込んだ。ちょいとイケますイタダケません……♪」

闇屋で儲けている男とそれを追っかける警察のお話です。将軍様を連想するのは「隣の金ちゃん……」という言葉だけではなく、世界の闇屋さんの思いも、重なってしまうからです。オセンにキャラメル、アンパンにラムネじゃあなくて、ミサイルに原爆、贋金に麻薬ですかな。

映画の方はそんな物騒な物は出てまいりません。エノケンが闇屋さんで、ロッパが警察官です。体つきはロッパの方が眼鏡をかけ小太りで、将軍様に似ていますが、主役の金ちゃんを演じたのはエノケンの方です。キャラクター通りエノケンは軽々と、巧妙に立ち回りロッパ警官を出し抜いて闇屋業をやりぬきました。この場合「闇屋」という字は合いません。「ヤミ屋」という方が、字面がよろしいかと思います。

正月早々話が少しばかり飛んでしまった感があります。お許しください。

それにつけても、結構早々と後継の地位が固まったとか。固めたか、勝負がついたから始末をしたということじゃあないでしょうね。後継の方に期待すると言いたいところですが、私が利用させていただけるような言動をなさると、自国民は勿論、隣国にまで迷惑がかかります。できることならば、噂話の一つも伝わらないようにしていただきたいものだと思っている次第です。

御世継ぎの方は大将と呼ばれているようです。先の将軍様と同じようなことをなされる方でしたら、私はガキ大将と呼ばせていただきます。へぇ。お若いので金坊もよろしいかと。少し誤字があるかもしれません。なんでもお名前は正雲ではなくて正恩だったそうで。ガキ大将の金坊ではなくて、餓鬼大将の金亡なのかもしれません。勿論、こんな呼び方をしなくても好いような御方であることを願っております。

巳代わり

マヤごよみＩＰＳに正月とことあらたまり日が昇る

えー、一席お笑いを申し上げて新年のご挨拶といたします。
八「明けましておめでとうございます。御隠居も好い年をお迎えの御様子で」
隠「おぉ、八っつぁんかい。おめでとう。早々のご挨拶、有難う。今年もよろしくお願いしますよ」
八「今年は巳年だそうで」
隠「そうだな。巳年はなんでも、草木の成長が極限となり、次の生命が作られ始まる。草木の種子が出来始める時期とされるな」
八「そりゃぁめでてぇや。インギの好い年で」
隠「インギじゃあない、縁起だ」
八「縁起ですかい。そういやぁ、暮れに人類が滅びるてぇインギの悪い話がありましたが、ありゃぁ間違いだったんですね」

隠「まあな。でも本当は、人間は暮れの二十一日で滅びてしまったということも言われているな」
八「でも、こうしておいらたちはピンピンしていますよ」
隠「お前さんも私も実は人間じゃあないからだ」
八「へ！……」
隠「二十一日の夕暮れ、グアテマラという所でマヤの男が一人死んだ。これが最後の人間だった」
八「それで、今生き残っているのは人間なんかじゃあないということですか」
隠「マヤの血を引いたのは大勢生き残っている。だが、それらは皆直系ではない」
八「混ざっちまったんで？」
隠「そうかもな。私たちも含めて人間は一人として残っちゃぁいない」
八「なんか寂しくなりますね」
隠「まぁ、そう落ち込みなさんな。本筋と言われている方がある。マヤの暦は五千百二十五年周期であらたまるのだそうだ」
八「あらたまる？」
隠「そう。暮れの二十一日で前の暦が終わり、新しい暦にあらたまったのだ」
八「気の長い正月みたいなものですか？」
隠「そう。めでたい話だ。草木の成長が極限となり、次の生命が作られ始まる。草木の種子が出来始める巳年と重なる」

八「ははあーん。そこで巳年ですかい」
隠「そう。伊勢神宮も秋には式年遷宮といってな、二十年ごとにあらたまるのだ」
八「こちらもあらたまるのですか。めでてぇの重なる巳年の始まりだぁ」
隠「かさねがさねにもう一つってやつだな」
八「それで伊勢は三重にあり」
隠「お前さんよくわかっておいでだ」
八「ところでご隠居、巳てぇのは蛇だ。蛇の昔話を聞かせてくれませんか」
隠「蛇の昔話ねぇ。お前さんもこのところすっかり昔話が好きになったな」
八「いやぁ、ご隠居にゴマのすり方を覚えたんで」
隠「ゴマ?」
八「いえ、いえ。こっちの話で」
隠「まあいいや。だがな、八っつぁん、蛇てえのはきらう人もいる」
八「へー。そういやぁ、あっしもどうも蛇は好きじゃありません」
隠「さてと、日本で一番有名な巳、蛇は何だか知ってるかい?」
八「何でがしょう?」
隠「やっぱりな。知らないだろうな。でも言われりゃあ気づくってものだ」
八「はてね?」

隠「八岐大蛇《やまたのおろち》。出雲大社も今年遷宮だよ。その出雲の話だ。知ってるだろう」
八「あぁ、八岐大蛇。知ってます、知ってます」
隠「あれは、出雲の国に出向いたスサノオノミコトが八つの頭と尻尾を持つオロチを退治した話だ」
八「知ってますよ。そのオロチの胎内から取り出したのが名だたる剣で」
隠「そう。あめの叢雲《むらくも》の剣という」
八「川上からドンブラコと箸が流れてきた」
隠「知ってるな。だが、話はかなり違うのだ」
八「さあ、来ましたね。待ってました！」
隠「へへへへ……。川の名はヒノ川という。川の中を流れてくる箸がそう簡単に見つかるものじゃあない。流れてきたのは橋じゃ。アクセントが違う」
八「橋？」
隠「そう。大型の台風に襲われてヒノ川が氾濫し、上流の橋が流されてしまったのだ」
八「何で橋が箸になっちまったんで？」
隠「うん？……ん。関西と関東ではハシのアクセントが違う。それでどちらかわからなくなったんじゃ。箸の方は誤伝じゃて」
八「本当ですか？　少し息苦しそうですね」
隠「まぁな。ハシじゃなくてハジをかかせたいわけでもあるまい？」

八「そうです、そうです。違いありません」
隠「橋が流されてきたからには、上流に人が住んでいて災害にあっているのではと、スサノオノミコトはまだ荒れるヒノ川を上って行ったナ」
八「何と人類愛に満ちた、勇気あるお方です」
隠「そう。上へかみへと上って行き、ようやく一軒の民家を見つけた。そこには老夫婦と綺麗な娘がいたな」
八「綺麗なね！」
隠「娘は名前をクシナダヒメと名乗った」
八「老夫婦の方は？」
隠「忘れちまった」
八「三人が悲しそうに泣いていたんでしょう？」
隠「そう」
八「八岐大蛇に姉たちが皆のまれてしまい、いよいよ最後のクシナダヒメの番だ」
隠「八岐大蛇にのまれる？　確かに家にオロチはいたが、それを囲んで三人が泣いていたのじゃよ」
八「一匹のオロチを囲んでですか？」
隠「そう。何でも姫がペットとして飼っていたオロチが、腹が痛いといって七転八倒、苦しんでいたのだよ」

八「もしかしてそれで一匹でも八岐大蛇？」
隠「セイカイ！」
八「そうだろうな。それで、ノロウィルスにでも？……蛇じゃあ手も洗えねえからねぇ？」
隠「スサノオが触診してみると、腹の中に異物があるようだった」
八「異物？　もしかして癌かなんかで？」
隠「そう思ったスサノオは蛇の腹を開いて手術をすることにしたんじゃ」
八「手術ですかい」
隠「麻酔代わりに酒を飲ませて眠らせ、腹を開いてみると何と剣が一振り入っていた」
八「もしかしてそれが例の？」
隠「後にあめの叢雲の剣と名付けられたものじゃ」
八「オロチが剣をのんでいたんですか。で、手術は成功ってわけですね」
隠「ところがそう上手い具合にはいかんのだ」
八「アッシが何か言うと反対するんじゃありませんか。へそ曲がり！」
隠「ヘソが曲がっていたのは蛇の方だった」
八「蛇にヘソですかい」
隠「太刀を獲りだす時に蛇が体を曲げたので、剣の刃に触れて頭と尻尾が離れてしまった」
八「早く縫合しなくては！」

隠「残念ながら蛇はそのまま死んでしまった」
八「死んだ！　クシナダヒメは嘆き悲しんでスサノオをさぞ恨んだでしょう」
隠「そんなことはない。男と女。彼らは結婚して子供も出来た」
八「今度はいい話になりましたね」
隠「しばらく暮らしていた出雲を去って、伊勢に戻り神宮へ剣を奉納した」
八「スサノオというのは暴れ者と言われてますが、優しい神様ですね」
隠「そう。神話を書く時、少し脚色されすぎて暴れん坊扱いされたが、芯は平和な神なのだ。日本の神々で悪い神様は一人もいない」
八「成程。これでめでたし、めでたしですね」
隠「おいおい、まだだよ」
八「続きがあるんで？」
隠「あるよ。熱田神宮に祭られている剣の名前を知っているだろう」
八「草薙の剣でしょ」
隠「そう。しかし元はと言えば、あめの叢雲の剣だ」
八「それを日本武尊《ヤマトノタケル》が東征のみぎり、お借りして行った」
隠「そう」
八「その折に相模の国の国造に騙され、野原に火を放たれ、危うく焼き殺されそうになった。そこで持っていた剣で燃え盛る草をなぎ倒し、火難を免れた」
隠「うん」
八「それを縁としてその剣を草薙の剣と名付け熱田神宮に納めた」
隠「うん。わしの言いたいことを先取りしたな」
八「いえいえ。御隠居でなくても知っている有名な話です。それとも今度も何か違うって言うのですかい。へそ曲がり」
隠「うーむ」
八「へへへ……勝ったな……」
隠「八っつぁん。今、お前、勝ったと言ったな」
八「いえいえ、勝ったなんぞは言いません。ヨカッタって言ったんで」
隠「いや、勝ったと言った」
八「……」
隠「……八っつぁん。……お前さんその続きをご存知かな」
八「続き?」
隠「知るまいな」
八「もしかして、日本武尊が白鳥になったという話では」
隠「へへへ……。違う、ちがう。オロチの話だぞ、白鳥なんぞではない」

八「お。勝ち誇った、いつもの顔になりましたね」
隠「オッホン。剣が納められたのを伝え聞いたオロチが熱田神宮を訪ねてきた」
八「オロチが訪ねてきた？」
隠「そう」
八「でもオロチは頭と尻尾に切り離されて縫合もできなかったんでしょう？」
隠「その通り。だから太刀の入っていた尻尾だけが訪ねてきたんじゃ」
八「尻尾だけ？」
隠「そう。その尻尾は丁重に扱われ、剣と一緒に熱田に祀られている」
八「へぇ～本当ですか」
隠「本当……そう……。八っつぁん。熱田神宮はどこにあるかご存じだろう」
八「知ってますとも。名古屋です」
隠「熱田神宮は名古屋、尾張の地にある」
八「へぇ」
隠「まだわからないか。オアリ名古屋というではないか」
八「尾アリ名古屋？……苦しい⁈　じゃあご隠居。もしかしてそのオロチは白蛇ではありませんか？」
隠「だとしたらなんだい？」
八「尾張名古屋はシロでもつって申します。お後がよろしいようで……」

隠「やられた。悔しい……」
八「へへへ……」
隠「待て、まて……。そうだ。熱田神宮の脇に有名な鰻屋がある」
八「それがどうしました？」
隠「あれはな、蛇の供養のためだ」
八「姿形は似てなくもありませんがねエ。ウナギでしょう」
隠「ウナギ供養は巳の供養だ」
八「……？」
隠「ウナギは身代わり。いいな、よく聞け。巳の代わり。巳代わりだ」
八「へ、へぇ〜。恐れ入りやした。今年も、お後もよろしいようで」
テケテンテンテンテン……

猿蟹合戦

知恵絞り真似ても見たが三本足りず落ちも又なし謹賀新年

えー、一生懸命馬鹿バカしいお笑いを申し上げて新年のご挨拶といたします。
八「明けましておめでとうございます。御隠居も元気で新年をお迎えの御様子で」
隠「おぉ、八っつぁんかい。おめでとう。早々のご挨拶、有難う。今年もよろしくお願いしますよ」
八「今年はサル年ですが、どういう年になりそうですかぃ？」
隠「そうだな。十二支ではどの年もなんか好いことが起こる謂《いわ》れがあるが、どうもサル年てぇのはこれというのをきかんナ」
八「そりゃぁこまりましたネ。悪い年で？」
隠「そんなこたぁない。一番人間に近い頭の好い動物だし、皆がよく知っていて親しまれている」
八「サルといやぁ、昔大分の高崎山で、餌の芋をやろうとしたら、引っ掛かれそうになって尻もちをついちまいました」

隠「そりゃぁ災難だったナ」

八「係の人が飛んできて、芋を投げ捨てろ、目をそらせって怒鳴られました」

隠「怪我はなかったのかい」

八「へ！……リヤカーから芋を沢山ぶちまけてくれ、サルたちはそちらにワーッと行っちまいました」

隠「お前さんよりたくさんの餌に釣られてくれたってぇわけだ」

八「それにしても、凄い勢いで奪いあっていました。一匹で何本も芋を手に持ち、脇に抱え込んで、今で言うやあ爆買いの風景で」

隠「同じサルでも、日光猿軍団なんぞはよく教育されていて見事に統制が取れているよ」

八「何か言いたそうで」

隠「……ン？　秋葉原の爆ナントかと、渋谷のスクランブル交差点の整然とした風景」

八「たとえが悪いって怒られますヨ」

隠「そう言えば、この辺りでも、近頃はサルを見かけるよ」

八「あの方々のことですかィ」

隠「ん？……違う、違う。人のことをサルと一緒にするのはおよし。でも、似とるナ、……。ゴルフ場へ行ってみな、すぐ脇で何匹か一緒に歩いてる」

八「ご隠居を仲間だと思って寄ってくるんじゃぁ」

隠「そうかもナ。野生のサルが人里に下りてきている。畑を荒らされて、農家の人は迷惑しているようだ」
八「そりゃあけしからん！　やっつけちまえば」
隠「そうもいかん。昔からサルは好い扱いをされていない」
八「そうですか」
隠「サル知恵だとか、サル真似だとか言うじゃあないか。あの大国でも朝三暮四などと好い話はない」
八「サルマタてエものがありました。でも麹町のサルなんざぁご隠居は大好きでしょう」
隠「そうさなぁ。落語じゃァないがおとぎ話でもサルは酷い役割をさせられている」
八「うーん！　あれでしょう。猿蟹合戦。すっかり敵役だ、悪役だ」
隠「ありゃあサルが可哀そうだ。悪いことなんか何もしてない」
八「でも、蟹を騙くらかしてお握りをせしめたでしょう」
隠「なにも騙したりはしてない。どちらも納得して取り換えっこをしただけだ」
八「その後も、折角生った柿の実を一人占めして、実ったのを食べちまい、かたい奴を蟹に放り投げ、挙句の果てに……」
隠「去年は柿が大豊作だった。うちへも何軒かの知り合いから柿が届けられ、毎日のように食べ続けたヨ」

八「そういやぁ、冷えたの、腹が痛いのって言ってましたネ」
隠「そんなことを言っちゃあ、くれた人に悪いヨ。軽く風邪をひいただけだ」
八「サルも風邪で?」
隠「柿てえものは大層沢山生るということだ。サルが一人占めしようとしても、もて余す。サルなんぞに採ってもらわなくても、熟して落ちてくる」
八「じゃぁ、頼んだ方が馬鹿だってこって」
隠「そうは言わんが、話に瑕疵《かし》がある」
八「柿が菓子で?」
隠「この間も尾ひれさん、……間違った、翁長《おなが》さんという知事さんが言っていただろう。カシてえのは間違い、欠点があるっていうことだよ」
八「うーん!　この頃は変なカタカナ語をしゃべる奴が多くて困る。隠居もそう言ってましたネ」
隠「うん?……まぁいいや」
八「蟹は頭へ来てサルをやっつけようと思った」
隠「うん」
八「知り合い、友達が集まって作戦を練った。家に戻ったサルを待ち伏せし、いろりに近づくと栗がはじけ火傷をした。アチッチッチてんで冷やそうと水瓶に行くと、隠れていた蜂が飛んできて刺されてしまった。あわてて逃げ出すと屋根から臼が落ちてきてドッスーン」

隠「は、は、ハ、ハ……。牛フンに滑ってこけた所へ臼がドスンという話もあるが、まぁいいか」
八「見事仇《かたき》をとりめでたし、めでたし」
隠「めでたくなんかない」
八「めでてぇことはない？　どうして」
隠「サルが仇をとられ、やられて、大けがをしたという、やくざの出入りのような話だぞ」
八「それじゃあ拙《まず》いんで？」
隠「おとぎ話てえのは、何か心に響く、言いたいこと、伝えたいことがあるはずだヨ。それを言わんから瑕疵があると言っているんだ」
八「響くんですか。除夜の鐘はさっき鳴ってました」
隠「このおとぎ話には鐘の音が見当たらない。そこで少しばかり探してみた」
八「深読みですか？……得意のでっち上げだな、上げてもくだらない話だ」
隠「言いたいことを言うナ」
八「それで何ですか？」
隠「まずナぁ、蟹は友達に頼んでサルをやっつけることにした。だが世の中そうは簡単に仲間を集めることができるもんじゃあない」
八「成程？　インターネットなんぞで集めちゃどうですか」
隠「インターネット？　近頃流行りのＩＳの手口かい？　ＩＳと同じようなことをやってたが、そんなハイカラな物じゃあない」
八「じゃぁ何ですか？」
隠「カニの力だ」
八「カニ？……金の力と言いたいんじゃァ」
隠「何度も言わすな。カニの力だ。ＩＳだって大方はカニの力で人集めしているそうじゃあないか」
八「やっぱり金で……それだけじゃぁＩＳと同じだなんて言えませんよ」
隠「栗がはじけたのと蜂が刺したのは自爆テロだヨ」
八「ハハあァ。じゃぁ臼は何で」
隠「空爆だ」
八「いったいどちらの攻撃だか訳がわからないじゃあないですか！」
隠「好いんだよ。木の臼だ。石臼じゃあない。硬いことは言いっこなしだ。サルが一方的に悪いのじゃあなくて、どちらかと言うとカニの方が力づくということだ。それと、最近の世界を予言していると言いたいだけなのだ」
八「ハハぁ、でも、木だって結構硬いじゃあないですか。うすは飛び降りたんで？　落ちたんじゃあないんでしょう。落ちじゃあないですか。落ちになっているつもりなの？？　ウス気味悪いなんぞ言うつもりで？」
隠「なってない？　当たり前だ。サルの話だぞ。めったに落ちては困るではないか……」

八「へ、へぇ〜。恐れ入りやした。おまけしておきましょう。オチツイタ好い年になりますヨに」

テケテンテンテンテンテン……

鳥のお話

うがいするように鶏春を告げ　流感予防に初日の出

明けましておめでとうございます。新春でございます。何といってもひたすらおめでたいことにいたします。何がめでたいか。私はこれが書ける、貴方はこれが読める。ヨタ話、ゲナゲナ話でございます。

年始のご挨拶に毎度お世話になっております八っつぁんがやってきました。

八「新年で。おめでとうと言わなくちゃぁなりません」

隠「おぉ。これは、これは八五郎様。おめでとうございます。新年早々少し斜に構えてのご挨拶で、どうなすったかな?」

八「今年は酉年で、正月には隠居の酉談義でも聞いてやろうと思っていたわけです」

隠「聞いていただける? 有難いことで。恐れ入ります。今年もぜひぜひよろしくお願いいたします」

八「でも気に入らないのです」
隠「気に入っていいただけない？　どういうわけで？」
八「暮れから、なんでも鳥インフルエンザとかで、鳥がたくさん死んでいます」
隠「鳥だけにバタバタと死んでしまう」
八「動物園じゃァ外出禁止、見学禁止」
隠「知り合いのウズラ農家へ行ったら周り一面真っ白だった。鬼祭りのタンキリ飴の粉かと思ったが、少し時期が早すぎる。おまけに中へは入れてくれない」
八「そう、そう。石灰を撒いています。それだけです。病気で死ぬのは仕方がないとしても、周り近所にいる奴まで、殺処分で何万羽というではないですか」
隠「それで、わしにどうしろと言うのかナ？」
八「役立たず！　隠居に何かができるわけはない。ＩＰＳ細胞だとか、オートファジーだとか医療にどうのこうのと言っているが、鳥一羽助けられない」
隠「すみません。ゴメンナサイ。……何でわしが謝る？　インフルエンザに効くなどというのは少し筋違いじゃァないか」
八「八つ当たり。八つ当たりです。まぁサッパリした。これでよしとしよう」
隠「……⁉」
八「さてと。今年もよろしくお付き合いの程を」

隠「何となく付き合いづらそうだが、まぁ好いとするか」
八「なんか気に入らないことを言いましたか？　口直し、ご機嫌直しに一つ酉談義でもやらしてあげようじゃぁてんで」
隠「酉談義？……やらしていただけるんで？　おアリガトウごぜぇます」
八「よいよい。遠慮せず申してみろ」
隠「ハハァア！」
八「こんな下ごしらえでよろしいでしょか？」
隠「ウン。いいだろう」
八「ではどうぞ！」
隠「鳥ナぁ？　何を語ればいいのか？……では手始めに鳥との馴れ初めからいこう」
八「お、気取ってきたナ」
隠「考えてみたら、結構色々な鳥を飼ったことがある。ホオジロ、目白、文鳥に鶯」
八「ケチな割には結構金をかけたナ」
隠「ケチだヨ。金をかけたのは鶯の籠くらいなものだ。他はタダだ」
八「成程、納得、ナットク」
隠「ホオジロ、文鳥は貰い物。目白は自分で捉まえた。鶯は向こうから迷い込んできた」
八「怪しいナ！　鳥を飼うなら、それなりの許可だとか何かが必要なんじゃあ。捉まえるなんぞは以ての外だ」
隠「昔の話だ。当時は好かった。悪くても時効だヨ」
八「時効？　これだから年寄りは嫌だ。都合が悪くなると昔の話にしてごまかす」
隠「昔話しかない」
八「昔のことは覚えているけど、昨日の晩に食べた物は覚えていない」
隠「思い出した」
八「晩飯？　昼飯？」
隠「鳥だヨ。雀がいる。飼っていたというのはおこがましいが、ホオジロの籠の上に雀が巣を作った」
八「ホオジロには迷惑だ。下に糞が落ちる。まさかこれが本当のシタキリ雀って、くだらネェ噺じゃァ？」
隠「ハハハ。そうしとくか。雀は卵を産み雛がかえった。巣が大きくなり、雛がかえって、重みに耐えなくなった。籠が壊れてしまい、ホオジロも雀もいなくなった」
八「そこで雀探しに遠近《オチコチ》と……」
隠「まだシタキリ雀にこだわっているな。探しに行かなくても、今では雀も目白も家の庭にやってくる」
八「恩返しとでも言いたいの？」

隠「恩返しじゃあないが、嬉しい気分にしてくれた鳥もいた」
八「鳥が?」
隠「文鳥が逃げた。部屋の中で放していたのだが、うっかり窓を開け、そこから脱走した」
八「解放され、自由の身になった」
隠「自由になっても、文鳥なんぞは野生では生きていけないヨ」
八「そりゃそうだ」
隠「外に出て、傍の木に向かって文鳥の名前を呼んだ。差し出した手に来てとまった」
八「いい話じゃあござんせんか。今でも庭に来る鳥たちは手にとまるんで」
隠「からかうんじゃァない。庭に来るのは雀と目白だけじゃあない。鶯、ヒヨドリ、ムクドリ、鳩、……」
八「猫の額のこの庭に、そんなに沢山来るものか」
隠「いやぁ、鳥だけじゃあない。猫も来る」
八「猫の額に猫が来る。ご隠居!　知ってますヨ。頭山だ。頭山の噺。それを言いたいんじゃ」
隠「ハハ、バレタようだナ」
八「桜の木を抜いて、出来た穴に飛び込みますか!」
隠「桜といっても、サクランボの木だ。実が熟れ始めるとヒヨと争奪戦をやる楽しみが毎年ある。滅多なことじゃァ木は抜けネェ」

八「木は抜けネェ⁉　気は抜くし、手は抜くのに。他にトリエはないので」
隠「トリエはないが、もう一つ庭で見た鳥がある。八っつぁん、お前さんは見たことはないと思うよ」
八「お！　眼を輝かせ、ドヤ顔になりましたネ」
隠「ベイジャーフローだ」
八「なんでス？　その便所風呂ってのは？」
隠「ベイジャーフローだ。ハチドリだヨ」
八「ハチドリ？　あぁ、テレビで見たことはありますヨ」
隠「わしは見たことがある。嘴が長くて花の奥の蜜をホバリングしながら吸う。かの国では砂糖水を入れたストローのような飲み口の付いた容器をベランダに掛けておく。そこへベイジャーフローが飛んでくるという仕掛けだ」
八「飼わなくてもいいんで？」
隠「飼うのは無理だろう。野生だヨ。わしが働いていた工場では建物の周囲の木の花にやってきた。人がいても気にするそぶりもなかったよ」
八「自慢話ですネ」
隠「ウン。日本では無理だ」
八「わかりましたけど、何でハチドリと言えばわかるのに、便所……」

隠「お前さん。本当は言えるのにわざと便所などと言っている」
八「バレタ？　でも、日本語があるのにわざわざカタカナ語を使う野郎がいるんで、……野郎じゃあなかったか。メロウ？　どっちにしろ、どうも気に入らねェ」
隠「偉い人をヤロウとかメロウとかお言いでない。八っつぁんが言うように、アジェンダ、レガシー、オマケにアンシャンレジュームときた。アンシャンレジュームなんぞは大昔、俺たち、安保世代に使われていた。古語だナ」
八「さいでスカ。じゃぁ、あの方はその時代の生き残りで。そんな年寄りには見えませんが、歳を厚化粧で隠しているんですかねえ。どこかの大統領のようにお抱えの美容師かなんかがいるんで？」
隠「全てを公開すると仰っている。隠れて整形なんぞはやらんだろう」
八「全て公開？　厚化粧でシミは隠しているって言ってましたヨ」
隠「まぁ好いじゃあないか。気に入らないかもしれないが、一生懸命値引き交渉をやっている」
八「それで頭へ来ているのが、ご隠居で。違った。ご隠居とは同じ名前だが、格が違う。あの方、カッカ来て頭へ飛び込むんじゃァ」
隠「頭山から離れてくれ」
八「……でも、少しばかりこだわっているのはご隠居の方で」
隠「……？」
八「頭の狂歌で流感がどうしたとか……。本当はインフルエンザって言いたいところをわざわざ漢字にしている」
隠「ウーン。バレタか！　よくぞ気づいてくれた」
八「そう言えば昔は流感と言っていましたよね。いつの間にかインフルエンザになった」
隠「ウィルスが変異したんじゃァないか。それともマスコミによる言論統制かもしれない」
八「ところで、酉年といやぁ本命は鶏でショ。ご隠居は鶏を飼ったことはないんで？」
隠「子供の頃、お祭りでヒヨコを買ったことがある。買ったことはあるが飼ったことはない」
八「……？」
隠「その日のうちに死んじまった」
八「可哀そうに」
隠「もう一つ。雄鶏のでかいのに追いまくられ、嘴で突きまわされたことがある」
八「ハハアン。イジメか。それで鶏を語りたくない。やな思い出か」
隠「そんなトラウマはない」
八「そうだよ。酉年だ。寅でも午でもない」
隠「酉だ。しかし、あの雄鶏は強かった。今の鶏はケージの中で産卵器になっている。新年に語るにはどうもな」
八「流感といい、産卵器といい、困ったことになった。落ちがない。卵は転がり落ちて集められるから、ということでいかがで？」

隠「好いんだヨ。今年は酉年。取り留めのない嘶。酉、停めのない嘶で歩み続けるの兆《きざし》だ。いい年になる。めでたし、めでたしダ」

ハイ、お後がよろしいようで。テケテンテンテンテン……。

今年も適当に暮らしましょう。後期高齢者に留まり、末期高齢者にならないよう一旦停止励行を！

お犬様

一犬虚に吠え万犬これに和す一見虚にみえ万事これを忘れ

明けましておめでとうございます。新春でございます。何といってもひたすらおめでたいことにいたします。何がめでたいか。私はこれが書ける、貴方はこれが読める。ヨタ話、ゲナゲナ話でございます。

年始のご挨拶に毎度お世話になっております八っつぁんがやってきました。

八「新年で。おめでとうと言わなくちゃぁなりません」

隠「おぉ。これは、これは八五郎様。おめでとうございます。新年早々少し斜に構えてのご挨拶で、どうなすったかな?」

八「今年は戌年で、正月には隠居の戌談義でも聞いてやろうと思っていたわけです」

隠「聞いていただける? 有難いことで。恐れ入ります。今年もぜひぜひよろしくお願いいたします」

八「でも気に入らないのです」
隠「気に入っていただけない？　どういうわけで？」
八「ここまでのやり取り、気がつきませんか」
隠「犬のように鼻が利けば気づくかも知れんが、一向に何も臭わないな」
八「歳は取りたくないもんだ。全く！」
隠「正月から年寄りを馬鹿にするのはいかんな。いったい何事かな？」
八「隠居のセリフ、どういうわけで？　までは去年と殆ど一緒のやり取りですよ」
隠「ほー！　八っつぁん。お前さんそれを覚えている！　大したものだ。見上げたものだヨ、屋根屋の褌ってェやつだ」
八「古い、古い！　新年らしく新しいことを言いなさいよ」
隠「そう言うけどな、きっとこれを読んでいる人も、八っつぁん、多分気がついちゃあいまいて。大丈夫、大丈夫。噺を続けよう」
八「いきなりのコピペで」
隠「わし一人のことではない。お前さんとの共同謀議だ」
八「共同謀議？　じゃあ、お巡りさんにつかまるってぇ話で」
隠「捕まる？　つかまえどころのない話をするんだから、大丈夫だ」
八「じゃあ、てんで、口直し一つ戌談義でもやらしてあげようじゃぁ……」

隠「やらしていただけるんで？　おアリガトウごぜぇます」
八「よいよい。遠慮せず申してみろ」
隠「ハハァア！」
八「こんな下ごしらえでよろしいでしょか？」
隠「ウン。いいだろう」
八「ではどうぞ！」
隠「だがな、八っつぁん。コピペでここまで引っ張ったのには事情がある」
八「話を引っ張るって、どなたかを真似ているんですかぃ」
隠「何もかも人真似と繰り返し。謹んでお詫び申し上げ……。何で新年早々謝らなくちゃあいけない？」
八「まぁまぁ、そう言わずに話を続けたまえ」
隠「そうしよう。と思っても、その事情ッてェのがあって、実は犬の話はなぁ」
八「ネタ切れですか」
隠「そう、鋭い！　そういうことだ」
八「昔、犬を飼っていたとか言っていたじゃありませんか。大好きな昔話はどうですかィ」
隠「犬は飼っていたけど、その話は全部喋っちまった。知っているお話も、ここほれワンワンとか、桃太郎の家来くらいなものだ」

八「犬に食いつかれたことがあるとか言っていましたよ」
隠「そうだ！　それがあった！」
八「その噺にしちゃあどうですか」
隠「駄目だ。食いつかれたが、犬が歳とっていて、喰いつかれた跡は凹んでいただけで、傷の一つもつかなかった」
八「歯がなくて、噺にならない！　いい出来じゃあないですか。もう落ちですかい？　え、気落ちで！　そう気落ちしないで頑張っておくんなさい」
隠「わしも歳だ。心配ごとだけが……」
八「何か気がかりでも？」
隠「今年は戌年だ」
八「おぉ。始まりか？　元気出せ、元気出せ！……」
隠「戌という意味はなぁ、滅するということなんだそうな」
八「インギでもねぇ」
隠「インギだとか、縁起だとか言っていられりゃあ好いがナ。新月の夜陰に乗じてドンパチを始めるとか、太平洋で水爆実験をやるとか。物騒な話がとびかっておる」
八「話だけじゃあなくて、ミサイルや戦闘機、爆撃機がブッ飛んでいるじゃありませんか」
隠「そうなんだ。おまけに厭なことは、今年が戌年ということだ」

八「……さっきの滅するってェやつですかい」
隠「それだけじゃあない。もう一つある。トラさんが戌年だ。歳男だからなぁ」
八「トラさん？　あの柴又の？」
隠「ウンニャ。本名はンプがつく。運否天賦《うんぷてんぷ》は時の運のンプだ」
八「あぁ、あの歳男は勢いに乗る。神輿に乗る。調子に乗る。やたらと乗る」
隠「かなりのお調子者のようだからナ」
八「もう片方のジョンさんはどうなんですか？　いけない、いけない。こちらはウンがなくなっちまう。処刑されそうだ」
隠「こちらは今一つはっきりしないが、どうやら子年のようだ。鼠だヨ」
八「随分と太った鼠で。でも、犬と鼠じゃあ、大きさ、力からいったら、勝負あったじゃあありませんか」
隠「猫ならとにかく、犬は鼠を捕まえるのが巧いとは言えん。チョロチョロされるとどうしていいかわからなくなりうろたえちまう」
八「鼠ってのは要領がいいから、ちょろちょろ動いて目くらましをかける」
隠「要領だけじゃあないぞ。鼠自身は小さくて弱いが、病原菌をもっていたりするので厄介だ」
八「困ったなぁ」
隠「困ったことだ。下手ぁするとドンパチだ。滅びの始まりだ」

八「でも、ご隠居。戌年は今に始まったわけじゃあない。戌年のたんびに滅びてたんじゃァ、命が幾つあったって足りやあしねえ。今年の戌は前のとは違うんですかぃ」
隠「なにせ、このところ犬の方は鼠の近所周りに仲間を呼び寄せて演習やら練習やら、脅しまくっているし、鼠はネズミで地べたに潜ってドカン、空に向かってドドーン」
八「ネズミ花火の一種だてェ話もありますヨ。そんなに心配はいらないんじゃァ」
隠「ネズミ花火だって倉庫に火が入って、こちらに飛び火したり、物が飛んだりしてきたんじゃあかなわないヨ」
八「俺たちゃぁネズミ花火なんぞは手元にないから、線香花火で、……。何ならお線香をあげてナンマイダー……。お祈りするぐらいが関の山で」
隠「まぁ犬の遠吠えてェこともあるから、吠えているだけかもしれん」
八「でも、それ負け犬のッてェのが前につくんでしょう」
隠「それを言うってぇとトラさんがむきになる心配もある。鼠の方も怖いから、噛みつくかもしれん。窮鼠猫を噛むというからな」
八「でも、それ猫でしょう。犬じゃァない」
隠「八っつぁん、好いことを言う。犬には噛み付けないかもしれん」
八「心配だ。ご隠居」
隠「……？　ウン？」

八「さっきから、ズーッとコタツに潜りっぱなしで。まさかシェルター代わりで？　猫はこたつで丸くなる。地で行ってますヨ。猫扱いは俺たちになるんじゃァないですか」
隠「そう言われりゃぁそんな気がしないでもない」
八「早いところ炬燵から出ておくんなさい。猫には外の方が安全だ」
隠「……？　どうして？」
八「鼠には猫入らずがいいとされています」
隠「……!!」
お後がよろしいようで。今年もよろしくお付き合いの程を。テケテンテンテンテン……テン。

亥の一番

亥の一番皆気がつく干支駄洒落

明けましておめでとうございます。
年始のご挨拶に毎度お世話になっております八っつぁんの家に隠居がやってまいりました。
隠「のんびりと年が明けたようで。おめでとうございます」
八「おぉ。これは、これはご隠居。おめでとうございます。今伺おうかと思っていたところです。何ですか、そちらからお出かけとは、恐れ入ります」
隠「今年は亥年で、前に進むしか能がないようなので、出向いたという次第だ」
八「さいですか。……でも何か魂胆があるんじゃぁ」
隠「ある、ある。大あり名古屋だ」
八「そうでしょう。猪は前に進むしかなんぞ言ってますが、急ブレーキ急発進、直前回転なんか得意だそうですよ」

隠「有り体に言えば、猪の話がないのだ」
八「あっしが、干支の話をやれというのに先手を打ってきたんですかぃ」
隠「当たり！　大当たり。春から縁起がいいワイ」
八「なんか、さっきから誤魔化そう誤魔化そうと……」
隠「考えてはみたんだが、我が国には猪の話はなさそうだ」
八「お言葉を返すようで何ですが、外国ならあるんで?」
隠「……、ないことはない」
八「どこの国の話で?」
隠「お隣、中国だ」
八「何かありましたか?」
隠「西遊記の中に猪八戒というのが出てくる」
八「でも、あいつは主役じゃぁありませんぜ。孫悟空が主役でしょう」
隠「だからなぁ」
八「まぁまぁ、出方によっては許しますよ。こうやってそちらから出向いてきたことだし」
隠「優しいねぇ。今年もよろしくお付き合い下さい。じゃあ……」
八「お、もうお帰りで。折角来たんだから、適当に見繕って話をしていきなさいヨ」
隠「優しさついでの話ならやるかな。岐阜でトンコレラが流行って、何頭もの猪が犠牲になっている」
八「可哀そうですね。あれは不思議ですね。猪が隣の三重や愛知には来てないんですか」
隠「言われてみればごもっともなことだ。でも、こないだ一、二頭ばかり愛知に来たらしい。まぁ、行儀がいいんだね、なるべく本家の豚には迷惑がかからないようにしている」
八「行儀がいい？　悪いと移るんで？」
隠「そう言われると言いにくい。行儀との因果関係は知らないが、お隣の大国では、アフリカトンコレラがかなり流行しているということだ」
八「猪もですか？」
隠「知らん」
八「知らないくせに……」
隠「知らんが、猪で思い出した。似たような顔つきの人は大分困っているようだよ」
八「どなたで？」
隠「キンピラさんだ」
八「あの一番偉い人で？　そういえば似ているかなぁ」
隠「絶対似てる。あの仏頂面を見た時、何かに似ていると思ったんだ」
八「そう言えば、昔は泳げまいと思っていた猪が、最近では海を泳いで、あっちこっちへ出かけているそうで。だから似てるって言いたいんじゃあないですか」

隠「海どころか月まで飛んだそうだ。それも裏側だ。亥《い》の一番だヨ」
八「で、何をお困りで？」
隠「ワシントンのトラさんが怒っちまった」
八「ナンデ？」
隠「虎も蠅も叩き潰すって大見得切られたからだ」
八「ご隠居、お言葉ですが、それはもう何年か前のことですよ」
隠「虎がトラだとは思いもよらなかったんだ」
八「どうして気づいたのですか」
隠「虎だとか、トラさんだとかは日本語だよ。日本人でなくちゃあわからない。ごシンゾさんがトラさんでもわかるように、懇切丁寧に説明したに違いない」
八「サスガー。最近の日本も外交上手、謀略上手になったもので」
隠「手練手管をしっかり学んでいる」
八「どこで？　誰から学んだんですか」
隠「前に告げ口外交ってぇのでいたぶられただろう。ごシンゾさんの偉いところだ。ちゃんと学習した」
八「アキレタ解説で、トラさんが怒っちまった」
隠「アキレタ……？」

八「イケガミ……。マエガミ薄いイケガミ……」

隠「あぁ、あの解説か。立派な解説者をそのように言ってはいかん」

八「イケませんか?」

隠「……。とにかくトラさんは怒った、何が亥の一番だ。アメリカファーストだ。虎退治なんぞユルサン!」

八「間違ってたら御免なさいョ。本当は5Gとかで都合が悪いのを、トラさんに虎退治を思い出させて怒らせて、貿易赤字に引っかけて……」

隠「それもアキレタ解説の受け売りか? 確かに虎退治はトラさんのトラウマになっているようだ」

八「虎が馬になっているんで? ずいぶんトラえどころのない、ウマくない解説ですね」

隠「無理かなぁ」

八「ところで5Gって何ですか」

隠「知らん。よくわからん。この手の用語にはついて行けない。IEだと何だとかわからん英語をさらに略すからいよいよいけない」

八「老人性言語障害でしょ? それを棚に上げて人の所為《せい》にする。年寄りは扱いにくい」

隠「済みません。お許しを。でもニュースで5Gと聞いたとき、てっきりなんかメモリーの容量のことだと思った」

八「メモリーだとか容量だとか、結構言うじゃあないですか」

隠「オホン！　容量はキロの時代から付き合いがある。今じゃあメガ、ギガを通り越して、仏教徒でなくてもテラを使うご時世だとか」
八「Ｇってのはギガで？　ご隠居の古い付き合いキロはＫで？」
隠「うん」
八「テレビではこの頃４Ｋだとか８Ｋだとか言ってますョ」
隠「うん」
八「ご隠居並みに遅れているんですね」
隠「そう、遅れてる。……ウンにゃテレビのＫは違うみたいだ」
八「わからん話で誤魔化すのは得意とするところで……」
隠「そう、困ったもんだ。ＫもＫだが、たかが５Ｇで何騒いでるんだ。俺でも32ＧのＵＳＢを持ってるぞ！　日本じゃあ担当大臣でも使ってない代物だけど、５Ｇがなんで世界最先端かなぁと思った」
八「ＵＳＢじゃぁないんで？」
隠「どうやら5世代目ということのようだ。その５Ｇでキンピラさんのところが最先端を行き、亥の一番になりそうだ。スマホなんぞも亥の一番を目指して猛進しているそうだ」
八「５Ｇとどう関わっているのかわかりませんが、スマホなんぞは昔からあの国にはありましたョ……知りませんか？」
隠「……？」

八「ディック・ミネの唄に〝♬夢のスマホかホンキュウの街か……♬〟ってのがあります。当時、上海じゃぁ唄の文句にまでなっていたんですヨ」

隠「?.?.?……、ディック・ミネ、……古いな。……ウン? もしかして、夜霧のブルースか。それなら〝♬夢のスマホ……〟じゃなくて、スマロだ。そっちの方が無理筋だ」

八「さいで。ハッハァ……そいつはスマホのまがい物だったんだ。へへへ……」

隠「今じゃぁ、まがい物どころの騒ぎじゃない。5Gを押さえられると大変なことになるらしい」

八「世の中がひっくり返りそうな話ですか」

隠「そうなんだ。猪八戒になる」

八「……?.?.」

隠「超ヤッカイになる!」

少しばかりやっかいな年始めになるのかもしれません。改元でやっかい払いもできましょう。今年もよろしくお付き合いの程を。テケテンテンテン……テン。

うさぎ

何となく簡単に明く年初め　次もまんまと明ける気でいる

年があらたまり卯年、うさぎの歳でございます。
隠居のところへ例年通り八五郎がやってまいりました。例年通りなどというのは、歳のいった身にはそれだけで十分おめでたいことでございます。
八「おめでとうございます。年相応にお元気そうで、何よりでございます」
隠「おめでとうございます。相変わらずのごあいさつで恐れ入ります。今年はうさぎ年です。うさぎを飼った話をうっかり昨年してしまいました。うさぎの話はもうありません」
八「そんなこったろうと思い、わっちの方で何とか面倒を見なくてはと、民生委員のお手伝い、老人介護の一つぐらいはと、やってきました」
隠「恐れ入ります」
八「さてと。……オホン！」

隠「おや、コロナで？　いけません、イケマセン。八っつぁんだって結構な高齢者だ、熱は？　のどの痛みは？……」
八「ワクチンを数えられないくらいキチンと打ってます」
隠「そのワクチンがなぁ……」
八「ずいぶん絡みますね。うさぎの話を始めたいのですが……」
隠「いや、これは失礼。油断をさせて先に進もうと思ったが、……」
八「油断ネエ。隠居がモシモシの亀さんとは知りませんでした。ははぁ、出歯亀でもやらかしたんでは」
隠「うん。多少は出っ歯だが、……滅相もない。うさぎの話にしておくれ」
八「……オホン。吾輩はうさぎである。イマントコロナはない」
隠「格調高く来たが、ダジャレ付きで品を下げたな」
八「品を下げた？　挽回しましょう。オホン！　国会で専守防衛だとか反撃能力だとか論議されてます」
隠「うさぎとどういう関係がある？」
八「うさぎは専守防衛の象徴ですヨ。鳩が平和の象徴などと言われていますが、奴は結構うるさく鳴きますし嘴で突いたりします」
隠「まぁな。平和の使いを気取って、訳のわからなんことを喋って回っているハトポッポとかいう方のことかい？」
八「とんでもありません。人様の悪口を言うようなことはしません。うさぎをご覧なさい。悪口どころか声すらほとんど出しません。攻撃能力はおろか、防御装置ですら長い耳だけです」
隠「よく聴くということは大切だ。総理大臣も聴く力を持っていると自賛していたヨ」
八「でも、シュルシュルシュルなどという変な音が聞こえたりしたら、反撃できるようにするっていうじゃぁないですか」
隠「防御力も反撃能力もなんぞは、二兎を追うものと言われそうだな。でもな、そういう能力を持つのは必要なようだよ」
八「いい悪いじゃぁございません。うさぎのことです。うさぎはそんな音を聞きつけたら逃げます。専守防衛どころか、逃げて逃げて、逃げまくります」
隠「一歩も出ずに逃げるのかい。脱兎のごとくと言うからな。でもさー、それで木の根っこにぶつかり捕らえられてしまったじゃぁないか。そして人間に食われちまう」
八「うさぎを食う？　あんな可愛いやつを食うんですか？」
隠「そういえば、スーパーへ行ってもうさぎの肉は売ってないな」
八「そうでしょう」
隠「でも、わしは食ったことがある。軟らかくて、くせのない旨い肉だったよ」
八「可哀そうで食えねぇ」

隠「歌にもあるだろ。♪ウサギ美味しいかの山……♪」
八「背中でも痒いか？　孫の手を使ったな……」
隠「孫？　そう歌っている子供の話を知ってたか。……食べると言やぁ十二支のうちちょうど半分は食べてるヨ。ネはやだな。ウシは昨日も田原牛を食べた。旨かったヨ。トラはこちらが食われそうだ。タツ、ミは駄目だ」
八「そう、そう。反社かオカルト並みだな。あぁいうやつとは関係をタツた方がミのためだ……」
隠「お前さんのダジャレも褒めるほどの出来栄えじゃぁない」
八「ウマくないか……」
隠「うん？……そうそう、ウマ、ヒツジは八っつぁんも食べるだろぅ」
八「馬は桜肉などと言って食べるようだが、どうも喰う気にならねえ。ヒツジは臭くていやだ、好きでねえ……」
隠「……ほう、そうかい。中にはサル、イヌを食べる人がいるようだが、わしには無理だ。トリは可哀そうにトリインフルエンザでこの近所で何万羽が処分されちまった」
八「トリ返しがつかないことで……」
隠「その辺にしておいてくれ。イノシシは少しばかり北へ行った所で肉を売っているし、食わせてもくれる」
八「食ったことがないけど、イノシシの肉は旨いんで？」

隠「ダジャレがない分旨いよ。タレはつけて食べるけどナ」
八「じゃぁ、ダジャレ抜きで……。オホン！　卯年は飛躍する、分かれるとされてます。ところが、世の中物騒続きで、飛躍する方ならいいんですが、ゼロやらウイズとか、ウクライナなど分かれるの方だと困ることが多そうで……。分かれるより統一が悪いという話もよく聞きますが、……？　あぁ、協会が絡まなければよろしいんで！……」
隠「統一も困るし分かれるも難儀だ。陸海空だけじゃあなくて、宇宙まで飛んでやりあうとか……。なんでも、ウクライナではアメリカの宇宙からの情報でかなり優位に戦っているそうだ。それだけではすまず、月にまで睨みが行っているらしいヨ」
八「月をぐるぐる回っているうちはまだしも、着陸して基地を作ったり、資源狙いか武力強化か……でしょう？」
隠「そうそう、中国が月の裏側に着陸したとか、中ロ共同で基地を作るとかいう話があるらしい」
八「何年か前にアメリカは月に着陸しているから、俺のものだ我のものだと、先を争ってもめそうだ」
隠「そこでだな。私は奥の手を使いたい」
八「孫の手じゃあなくて？」
隠「うん！　月は昔からウサギが餅つきをしている。人間どもよりはるかに前から月にいる。先住民だ。月は卯先《うさき》のものだ」

……テケテンンテンテン……今年もよろしいようで……。

たつ

たつてよいのは電信柱とあんちゃだけ
地中化進んで跡形もなし

明けましておめでとうございます。辰年、たつの年でございます。
正月ということで、隠居のところへしばらく顔を出さなかった八五郎がやってまいりました。
八「おめでとうございます。年相応にお元気そうで、何よりでございます」
隠「元気、元気。カラ元気に能天気」
八「それだけ元気なら、今年も一年くらいは持ちそうですネ」
隠「恐れ入ります」
八「さてと。……オホン！」
隠「おや、コロナで？　いけません、イケマセン。あんたも結構な歳だから。流行ってものに乗り遅れちまって、今頃コロナで？……」

八「とんでもない。インフルエンザです。……いやその、咳払いをしただけで」
隠「風邪をひかない体質だから、……」
八「……ウン？　何とかは風邪をひかない……」
隠「いや、そんなつもりは……」
八「まぁいいや。少しばかり調子、景気のいい話か、なけりゃぁ辰の話でもして年の初めを祝いましょうヤ」
隠「そうだ、そうだ。良いことを言う。さすが八っつぁん」
八「……オホン。良い話といやあ、隠居の好きな大谷さんだ。一千億円だとか」
隠「ウン。一千億円なんぞは、見たことも聞いたこともないと言いたいところだが、聞いたことだけはある」
八「金にこだわらないとかなんとか言ってたとか。やっぱりカネですヵ」
隠「それが素人の浅はかさ。カネじゃあないよ」
八「だって……。結構粘って交渉していたじゃあないですか」
隠「彼は勝ちたいのだよ。それで勝ったんだ」
八「誰に？」
隠「ＭＬＢの選手だけじゃあなく、世界のアスリートの契約金で最高額を得たんだ。カネじゃあなく、額が欲しかったんだ」

八「カネの方は後からついてくるですヵ。ひいきのし過ぎと、偏見の塊じゃぁ……。やっかみを消すために、そう思いたいんだ」
隠「彼はユニコーンと言われるほどに、伝説上の生き物化している」
八「ユニコーンてのは角のある西洋の馬でしょ？」
隠「単なる馬だけじゃあないそうだ。ライオンの尾、牡ヤギの顎鬚、二つに割れた蹄《ひづめ》を持ち、額の中央に螺旋状の筋の入った一本の長く鋭く尖ったまっすぐな角をそびえ立たせた、紺色の目をした白い馬のようだ」
八「へー」
隠「おまけに、勇敢で何物にも勝る高貴なものとされている。そこで大谷をなぞらえてユニコーンと言っているらしい」
八「ほう、なんだかごちゃごちゃ混ざってる、……二刀流どころか五頭流じゃぁ」
隠「ごちゃごちゃ混ざっていると言やぁ、今年の干支のタツだってそうだ」
八「タツも混ざり物なの？」
隠「このあたりの人間の想像力は洋の東西、似たようなものかもしれない」
八「タツは何の混ざりもの？　何か添加物アリってところですかい」
隠「オホン！　龍に九似ありとされるナ」
八「お、来なすったネ」

隠「角は鹿、頭はラクダ、眼は鬼、体は蛇、腹は蜃、鱗は鯉、爪は鷹、掌は虎、耳は牛とされている」
八「大きい声じゃあ言えないけれど、もう少し上手にカンニングペーパーを見たら……おまけに棒読みじゃあ真実味に欠けるてえもんだ」
隠「まだ続きがある。聴きな。辰年は陽の気が動いて万物が振動する。活力旺盛、形が整うとされている」
八「上手に読めました。結構、よろしいんじゃぁ。ところで、タツといやぁドラゴンズ。今年は何とかなるんでしょうね」
隠「いい質問ですネ。と言いたいところだがそうはいかない。辰は並みの辰だし、良いところがない」
八「立浪と言いたいんで」
隠「ウン。おまけに干支は辰だ。ドラゴンだ。単数だ。ドラゴンズには非ず、そっちの方はドベゴンズと言われて久しいヨ」
八「そう言やぁ、竜虎の戦いてのがありましたね。今じゃ虎のアレ専門で」
隠「竜虎の戦い。若冲《じゃくちゅう》だかの昇竜図てェのを一度だけ見たことがあるが、すごい迫力だった」
八「今じゃ辰も迫力を欠いたままで」
隠「うん？……迫力ねえ。ウン、もう一枚。もう一枚あったよ。まだ続きがある。あごの下に一枚だけ鱗が生えている」
八「髭じゃあないんで」
隠「髭じゃあない。鱗だ。反対向きに生えている。有名な鱗だ」
八「有名な？」
隠「これに触れたものを即座に殺す。知ってるだろう」
八「……？」
隠「逆鱗に触れるって言うじゃないか」
八「あぁ、聞いたことはある。偉い人が怒る程度のことだと思っていた。殺しちまうなんて恐ろしい。プー狆もジョン君もアゴヒゲなんぞないゾ」
隠「髭なしでもあの程度はできるんだ。あったら大変だ」
八「ちょっと訊きたいことがあるんだけど？」
隠「なんでもどうぞ」
八「さっきから聞いているとどうも気になるんだけど。龍と言ったりタツと言ってみたり、おまけにドラゴンだとか、これも混ざり物の所為ですかい」
隠「うーん。さぁてと……」
八「これじゃあ今年もごちゃごちゃで、大変な一年になりそうですよ。何とか収めてくださいよ」
隠「うん！　昔から言うだろう……。タツとり跡を濁さずと。清らかに透き通った、裏も表も見通せる良い年になる」
八「タツはいいとしてとりがついているじゃあないですか」
隠「とり?……トリ外しておいておくれ」
……テケテンンテンテン……今年もよろしいようで……。

物語

なんのかんの

なんのかんのと言いたくなるが　ほんとのところはのうのうのう

それほどでもない昔々の話です。森に、ばあちゃんの熊さんがいました。初めからばあちゃんだったわけではありませんが、動作がばあちゃんぽいので、若い頃から、ばあちゃん熊と呼ばれていました。

ばあちゃん熊は助産婦さんでした。熊だけではなく、森の動物たちの何匹かを取り上げました。ただ、時々間違いをしでかしました。狐と狸が同じ頃に生まれ、ばあちゃんの産院で取り上げられました。一年検診で狐のお母さんが、子供の玉々が畳一帖くらいの大きさになったとうったえました。狸のお母さんは、子供が偏食で、アブラゲばかりを食べて困ると言いました。お医者さんが調べてみると、狐と狸の子が入れ替わっていることがわかりました。ばあちゃん熊には他にもちょっとした間違いが数多くあることがわかりました。

森の動物達は相談しました。ばあちゃん熊をこのまま助産婦にしておいては、危ないということになりました。でも、森の動物たちは気が優しいので、ばあちゃん熊のキャリアを活かした仕事を見つけてやりました。学校の先生です。でも、時々おかしくなることがありました。地球が回っているのではない、太陽が回っているのだ。そう言ったすぐ後、間違いだ、回っているのは自分の眼だ。などと言いました。生徒が笑うので、受けていると思い、何度も同じ話をしました。そのうちに、先生も生徒も何がまわっているのかわからなくなりました。

学校の先生もどうもいけないので、森の動物たちは又相談をし、大先生たる森の議員になってもらうことにしました。ばあちゃん熊は張り切って仕事をしました。まず手始めに、今まで看護婦と呼んでいたのを看護師に変更することにしました。張り切りすぎて、時々猪が突っ走る程度の獣道に信号機を設置しました。それも一台だけではなく、十台以上もつけてしまったのです。少ない予算を妙なことに使われた森の議会では、どうしたことかと相談していました。

折から、森の総理大臣をしていた小羊内閣が改造を行いました。小羊首相は、人が、否、動物たちが吃驚するような人事、否、獣事を行うことで有名でした。あまりにも突然ではありましたが、ばあちゃん熊は法務大臣を拝命してしまいました。

ばあちゃん熊が最大の吃驚だったのです。これにはさすがのばあちゃん熊も驚き、うろたえてしまいました。初めての議会で、質問をされた時、聞いているけど、聞いていないとか、知っているけど言ってもいいけど言わないとか、訳のわからないことを喋ってしまいました。自分でも恥ずかしかったので、もっと勉強しますと議会の先生たちに謝りました。

でも、先生たちは森の仲間ほどは優しくなく、許してくれませんでした。何とか償いをしたいと思い、何か贈り物を先生たちにしようと思い立ちました。そこで、人間の里まで下りて行き、果物や野菜などを手に入れようとしました。ところが、ドジを踏んで、人間に捕まってしまいました。あだなに似合った歳になっていましたが、小さかったので小熊と間違えられて、森に送り返されました。先生たちに、馬鹿者呼ばわりされ、泥棒に法務大臣の資格はない。大臣を辞めろなどと言われました。ばあちゃん熊は言いました。今まで私の至らないところは、森の仲間がすべて面倒見てくれました。そんなに法務大臣がふさわしくないなら、他の仕事を与えてください。

議会の先生たちは相談しました。ばあちゃん熊が何かをしでかすたびに、森の仲間は、ばあちゃん熊をもっとましな仕事に就けていたことを知っていたからです。森の仲間に劣るようなことは、先生たちの面子《メンツ》にかけてもできません。そこで、先生たちは小羊首相の不信任案を提出、可決して、辞職させてしまいました。後任には勿論、ばあちゃん熊を選出しました。

かくて、比較的長く続いていた小羊内閣は倒れ、ばあちゃん熊内閣となったのでした。その後の森がどうなったか。ばあちゃん熊が天国に召され、神様か仏様になることをお祈りする日々が続いているという噂を耳にしました。今度ばかりは、自分たちで昇格させてしまうわけにもいかないようですが、どうなっていますか。

小野篁《おののたかむら》

地獄などエンマゆかりもないけれど　ツアーがあれば参加を希望

その昔平安時代、小野篁という公卿さんがいました。この方の噺です。

篁さんというのはなかなかのご仁で、人々からは変人と見られたりしていたようです。この人、宮仕えの他に仕事をしておりました。仕事とはいえ、無給のボランティアです。仕事というのは地獄の閻魔様のお手伝いで、裁判の補佐役だったようです。夜な夜な井戸を潜って通勤していました。未だにその井戸が京都にあるそうです。彼は時に、地位を利用して人助けまでしていました。艶罪で引っ掛かった紫式部について閻魔さまに口利きして助けたなどという噺が伝えられています。粋人だったようです。

このところの地獄の状況ですが、経営難に陥るほどの亡者減から、鬼どもが過労死しそうな亡者増まで、周期的な亡者変動に悩まされておりました。平成でも平安でもあまり変わっていないようです。

閻魔大王は有識者と言われる鬼たちを集めて話し合いをさせましたが、名案の一つも出てきません。そこで見る眼嗅ぐ鼻を呼びつけ、密談を行いました。こういう高度なお話は公開ではいけません。

見「大王さま。私の考えを申し上げます。この大きな変動は天国の施策による影響が大きいと思われます」

閻「どういうことじゃ」

見「天国では亡者の数の増減を調整するために、天使を地上に送り込んだり、引き揚げたりして、天国への数を操作しております。ところがそれが下手くそで、向こうでも随分混乱していると……」

閻「何か不具合があると人の所為にするのはよくないぞ。わが地獄でも、鬼どもを地上に送ったりしたではないか」

見「その通りでございます。ただ、地上に放たれた鬼どもは地上の生活の方が気に入り、戻ってこないので、かなり前からこの施策は中止を余儀なくされました」

閻「そうであったな」

見「今後の地獄の経営を考えますと、天国との対話、交流が必要で、話し合いで調整を図るのがよろしかろうと思う次第です」

閻「談合だナ。しかし天国のことはお前を含めだれもわからぬではないか。何か手蔓《てづる》があるのか」

見「大王さま。篁がいます。小野篁でございます。彼は人間界の者ですから、天国や極楽の情報を持っているのではと思われます」
閻「第三者を介しての交渉ということか」
見「まずは当人に私から話をしてみます。明日の裁判の後、私のところへ顔を出すようご指示ください」
その日の裁判が終わったところで、小野篁が見る眼嗅ぐ鼻のところへやってきました。
篁「大王様のご命令でまいりました。御用がお有りのようで」
見「まず、そこへ掛けてくれ。他でもない。御用というのは……といったようなわけで一つ手助けを頼みたい」
篁「承知いたしましたと申し上げたいところではありますが、私自身天国のことをよくわかっていないのでございます。極楽の方は少しばかり知るところがございます」
見「ん？　どういうことなのか？」
篁「地獄のことは、私自身こうやって目の当たりにしています。おまけにこう言っては何ですが、地上界では脱獄者の数も多うございます」
見「鬼まで送り込んだしナ。だがあちらも天使を天下りさせたとか」
篁「子供は天使のように可愛いなどと囃され、天使は子供のなりをしております。天使を子供と思い、子供を天使と錯覚する親が多いのでございます。少し大きくなった天女の中には、時に松の木に羽衣をかけたままで遊び呆けてばれたようなこともありました。しかし、その後は目撃者もいないようです。だから情報らしいものは殆ど取れません」
見「ふむ、フム」
篁「それに引き換え、こちらは鬼です。風体、物腰、どうも人間離れしていて一見してわかります。間違いなく地獄の話だと信じられます。一番の違いは何と言っても、天国や極楽から脱国、脱楽してくる者などはいないということです」
見「成程。いろいろあって、地上界では情報格差が大きいということか」
篁「それやこれやで、地獄のありようは多くの人たちが知っており、それを元手に人々を説教などすることが流行っております」
見「天国の方はないのだ」
篁「天国の方は様子がわからないので、それをいいことに金儲けを企む輩はいます。騙されやすい人は結構いますが、いい加減さでばれたりするのもございます」
見「そうか。わかった。少し大王さまと相談して見ることにする」
　数日経って、見る眼嗅ぐ鼻だけでなく、閻魔大王自らも入って相談をした……。
見「わかりました。それではそのようにいたしましょう。いいな？　篁」
篁「ご命令に従います。赤、青、黒の鬼を供にして、西方浄土とやらに行って、お釈迦様にお会いし、大王様のご意向を先方にお伝えしてまいります」
見「篁。その方が知っている西方浄土の話がどのくらいのものかわからないが、切羽詰まっていることでもあり、よろしく頼む」
閻「頼んだゾ」
篁「近々遣唐使を派遣するという計画もあります。それに便乗して……」
見「すまんな。このところの状態では、費用もあまり多くは出せないのでナ。ファーストとかスイートなどは遠慮してくれ」

ということで、小野篁は赤、青、黒の鬼を供に西方浄土を目指すことになりました。

当人は遣唐使の副使に任じられていましたが、鬼などを連れていくというので、正使と揉め、別船便を仕立てて出かけました。その時詠んだのが「わたの原八十島かけて漕ぎ出でぬと人には告げよ海人の釣り船」で、誰かが聞いたらそう言っておいておくれ、西方浄土に行ったなどとは言うなよという歌です。

唐の長安に暫く滞在した後、一行は西方浄土へ旅立ちました。乗り物は篁用の駄馬一頭だけで、鬼どもは徒歩です。鬼どもが揃って涙を流していました。

篁「長い旅になりそうだ。徒歩で行くお前たちは泣けるほどの心持ちか、わかるゾ」
赤「いいえ、悲しいのではありません。何かここ長安の空気は濁っていて眼に沁みるのです。聞くところによりますとｐｍナントカの所為だなどと言っていました」
篁「鬼の眼にも涙が出るほど、キツイのか」

青「篁さまはなんともないので？」

篁「見てみろ。ちゃんと日の本製のマスクをしている」

わかったような、わからないような話をしながら一行は旅を進めました。

「ハクリ村」と書かれた標識があるところへまいりました。

赤「おや、何かお祭りのようなことをやっています」

青「俺たちを歓迎しているのでは⁈」

巡回遊戯団の催し場のようでした。

ト「僕、トラエモン！」

まるい顔をした青い猫のような縫いぐるみが出てきました。

青「これが西遊記などに描かれた妖怪なるや⁈」

篁「知るところでは、これはドラえもんのパクリものじゃ」

赤「そう言えば、亡者が結構その漫画を持ってきていたので、私も見たことがあります。でも、こいつは酷く不細工で、あまり似ていません」

ト「僕、トラエモン！　パクリなどとはとんでもない、彼は猫。僕は虎。だからトラエモン！」

青「そちらの子供は⁈」

ヰ「ケケケのヰたろー！」

赤「〝潮来《いたこ》の伊太郎〟か？　渡り鳥だろう？　とても鳥には見えない」

篁「ゲゲの鬼太郎のつもりじゃろ」
黒「鬼か？　仲間じゃあないか！」
旅の始まりに出てきたこれらの者は、妖怪というにはお粗末で、愉快と言った方がいいくらいなものでした。彼らより遙か昔、三蔵法師一行が唐から天竺へ上ったとされています。この時代になっても道路事情などは一向にあらたまっておらず、同じ道程を辿ることになりますが、取りあえず現れた紛《まが》い物の妖怪共が少しばかり一行の気持ちを和らげてくれました。
気が和らいでいたのは暫しのことで、化外《けがい》の地に至ると八十一程はありませんが、多くの難と出会いました。金角大王、銀角大王などというパソコンの将棋ソフトの番人と戦ったり、せつない顔をした女には芭蕉扇でブッ飛ばされたりしました。こういった場面になると篁はトンと役に立ちません。ところが、赤、青、黒鬼は実に生き生きと戦い、簡単にやっつけてしまいました。
篁「さすが！　強いもんじゃ！」
黒「へ！……私たちは本場、地獄の鬼でございます。彼らは化外の地に住み都市戸籍のない者ども。わかりやすく言えば、大相撲三役と幕下、ＭＬＢとプロ野球の差です」
篁「わかりやすいが、戸籍の方は差別じゃあないか？」
赤「サー、別にそうは思いませんが」
強い鬼の活躍もあり、篁一行は天竺へ到着いたしました。そしてお釈迦様に謁見し経典を頂きました。尤も、お釈迦様からとはいえ、遙か遠くにお姿が見えるかなぁ程度で、手渡してくれたのは事務の方のようでした。
青「すみません。係の方」
　青鬼が経典を渡してくれた担当者に声をかけました。
青「この経典は中身が何も書いてない無地なのですが？」
係「……あ、こちらが字の書いてある経典です。未使用の新品を差し上げたのですが、使い古しの方がよろしいので？　後で苦情を申し立てられても、困ります」
篁「経典が必要です。それと私たちは経典を頂くだけではなく、お釈迦様とお話しをさせて頂きたいのですが」
係「……あ、そういう話は聞いておりません。もしご希望であれば、今一度並んで頂きたいのですが。勿論列を乱して、横から入るのは厳禁です」
篁「随分長い列ができていますが、どのくらい待つことになりますか」
係「そうですね。五劫《ごこう》ほどはかからないかと思いますが」
　五劫という時間に驚いた篁が自分たちは東方のかなたから艱難辛苦に耐えてやってきたことを、涙ながらに訴えました。心を打たれた係員は、せめてものこととして、帰りに利用するようにと雲を彼らに与えました。イエ、キン斗雲ではなく、キコク雲です。
　一行はその雲に乗り帰国の途に就きました。八日が過ぎた時、突然雲から突き落とされてしまいました。落ちたところは故郷の地獄でした。地獄に落ちるのはこういうことかと納得できるほどの衝撃がありました。おまけに、精神的には悟るところも、得るところもなく見捨てられたかのようでした。落ち込んでいると閻魔様が見る眼嗅ぐ鼻を伴って落下地点までやってきました。
閻「所期の目的はかなわなかったようだが、お前たちの労苦は十分に承知している。今夜はゆっくりくつろいで、旅の疲れをいやしてほしい」
地獄に落ちた彼らは、その夜閻魔様の肝いりで宴席が設けられ、旅の苦労話などを大いに語りました。少し酔いを覚ましたところで、灼熱地獄でひと風呂浴びることとしました。
赤「篁様もお入りになってはいかがで？　体の傷も心の傷も癒されますヨ」
篁「わしは人間じゃ。そのような熱い風呂にはよう入れぬ。からかうでない」
青「しかし、好い湯です」
黒「久しぶりの故郷。やっぱり家が一番だ。そしてこの温かい湯！」
赤「全くだ。あぁあ……、極楽、極楽！」

お後がよろしいようで……。

その後の篁

エピソード一

　このところ閻魔の庁に篁が顔を見せていない。心配した大王は見る眼嗅ぐ鼻に何かあったのかと尋ねた。嗅ぐ鼻は直ちに調査を行うこととした。最近地獄に来たばかりの亡者数名を集めて事情聴取を行った。

見「その方、小野篁について何か知らぬか?」

亡1「高貴なお方で、名前を聞いたことがある程度です」

　数人が知らないと返答をした。そのうち一人がおずおずと手を挙げた。

亡2「噂話ですが……、よろしいでしょうか?」

見「申してみろ」

亡2「黄泉の井戸の近辺に夜になるとどうのこうの……」

見「フヌ?　何と?」

亡2「篁様が出入りしていると噂が立って、人が集まるようになり、お上が蓋をしたそうです。なんでも文春とかいう者が広めたとか……」

エピソード二

篁の通勤篁路がふさがれたことを確認して、急遽庁内で対策会議が開かれた。
閻「困ったもんじゃ。何とかいたせ！」
見「ほかに通路を作るには時間と金が必要です。このところ手元不如意で……」
閻「金か？」
見「一つだけ手立てがございます。大王様のお許しさえいただければ……」
閻「なんじゃ？」
見「……、篁に死んでいただきます。死ねば自動的にこちらに」
閻「ウーン。やむをえまい。死んでもらおう」

エピソード三

冥界では篁の死を望んだが、だれも手を出そうとはしない。見る目嗅ぐ鼻が提案。ネットで闇バイトの募集をかけることにした。
「闇バイト・高額報酬保証」
応募者があり依頼した。依頼人は篁の殺害に成功した。しばらくして殺人罪で捕まり、死罪となって冥界にきた。

頭を深く垂れ、閻魔様の前に引き出された。

オホン。咳ばらいをして閻魔様が判決文を読み上げた。

「汝は篁を冥界に送ることに成功した。依ってここに獄民栄誉賞を授与し、永くその功績をたたえる」

エピソード四
いつも夜勤めている小野篁が昼間閻魔の庁にいた。見かけた見る眼嗅ぐ鼻が尋ねた。
見「今日は昼間からのお勤めか。ご苦労様」
篁「いいえ、私も寿命が尽き、こちらに身罷《みまか》ってまいりました」
見「そう言えば着ている物も白装束だナ。ところで隣にいるのは誰だ?」
篁「三途の川の渡し守でございます」
見「何でまた?」
篁「毎夜、ここへは黄泉の井戸を潜って来ていました」
見「フヌ?」
篁「亡者になったので正規の道を使わなくてはなりません。三途の川では渡し賃が六文いるというのをうっかりしていました」

見「それで？」
篁「この方は付け馬です。見る眼嗅ぐ鼻さま、六文をご用立てください」

エピソード五

小野篁は夜な夜な黄泉の井戸を通って閻魔の庁へ出向き、閻魔様の補佐役を務めていた。その篁が死に、正規の手続きを行った。

身罷った小野篁を閻魔大王がお裁きをすることとなった。

閻「困ったもんじゃ」
見「いかがなされました？」
閻「篁の罪状は何もない」
見「は？　もしや極楽送りに？」
閻「その通り。これからわしを補佐してくれる者が、お前一人になってしまう」
見「それは困ります。閻魔様。私に考えがございます。篁と相談してみます」

見る眼嗅ぐ鼻は篁と水面下で話し合いをした。結果を閻魔大王に申し上げた。

閻「申してみろ」
見「……閻魔の庁ファーストで……！」
閻「エクサレント！」

篁は閻魔大王様の面前に引きたてられ、お裁きの裁定を受けた。
閻「その方の生きざま真にアッパレである。一片の罪状もない。依って極楽浄土送りとする」
篁「は、ハァー」
閻「ただし、情状により執行を猶予する。猶予期間は無期である。これにて一件落着」
篁「はっ、ハァー。ありがたき幸せ！」

こん狐

てっぽうを　もだごとにしちゃあ　まいかんぞん
おしゃぁ　どでぶの　くそだわけ

これは、私が小さいときに、村のおじいさんからきいたお話です。

その村は三河の妙厳寺《みょうごんじ》というお稲荷さまのある豊川村から少し離れた田舎にありました。その村は塔の木と言い、数軒の家が疎らにあるだけでした。そこに伝わるお話です。

春のいい日和に五助ドンと呼ばれる爺ちゃんが、森の中で犬ころを見つけました。森といっても雑木林で、そこを村の衆は茸や山菜を採る程度に利用しておりました。森の入り口から少し入ったところでその犬ころは寝ていました。生まれて間もない様子で、少し弱々しい感じでした。五助ドンはその犬を家に連れて帰りました。家には婆ちゃんとサエちゃんという五つになる孫娘がいました。サエちゃんがすっかりその犬ころを気に入りました。五助爺ちゃんと婆ちゃんは百姓でしたから、毎日のように野良へ出て朝早くから日が暮れるまで働いていて、家にはサエちゃんが一人でいました。サエちゃんは犬ころのお蔭で寂しくなくなりました。一生懸命、餌をやったり、毛づくろいをしたり面倒をよく見ました。暫くすると犬ころはすっかり元気になりました。

ある日、村の一番の物知りと言われる四平さんが五助ドンの家に来ました。小さな村ですから、一番と言ってもしれてはいます。

サエちゃんが「可愛いラ！」と言って犬ころを見せました。

「アームイて腹を出して、チョウラカスと嬉しそうにするだニィ」

犬ころは腹を上に向けたまま、さすられて気持ちよさそうにしていました。

四平さんはそれを見て言いました。

「ホイ！　こいつは犬なんかじゃあアリャァセンゾン。狐だがネ」

サエちゃんは驚いて、犬ころの顔をしげしげと見直しました。犬ころは何のことやらとサエちゃんを覗きこんでいるだけでした。

「こいつ、うんにゃ、なんて呼ぶダン？」

「名前はマンダつけちゃァおらん。……お前はなんちゅう名前がいいダネ？」

サエちゃんが顔を覗きこんで訊くと狐のような犬ころが「コン！」と一声啼きました。

「ほれ、今コンと啼いたジャンか。こいつは狐だゾン。ホダラ」

その夜、爺ちゃん、婆ちゃんとサエちゃんで相談をしました。これはやっぱり四平さんが言うように、犬ではなくて狐に違いないということになりました。

五助ドンは一つ咳払いをし、背筋を伸ばして言いました。

「こいつの名前は〝コン〟ということにシマイカ！」

お爺さんの宣言でその狐の名前は〝コン〟ということにしました。

秋口になりました。

コンはとても大きくなりました。

「まぁ、コンはマーハイこんなにシトナッチまって、抱っこしてやることもできセンわ。腰が、腰がエライわ。エライ、まイカン」

婆ちゃんが大きくなったコンを抱っこしようとして、腰を痛めてしまい痛がりました。

「お婆ちゃん、ドえらい痛いダカン？　膏薬でもお塗リン」

「そうだノン。サエ、膏薬がそこにあるズラ？　とって、ワシの腰にナデクットクレン」

サエちゃんは貝の中に入った膏薬を婆ちゃんの腰に塗ってやりました。

コンは秋になると纏わりついていたサエちゃんから離れるだけでなく、家の外にまで一人で出るようになりました。冬になると余り外に出なくなりましたが、少し暖かくなるとまた外に出るようになり、時には夜になっても帰らない日もありました。そのたびにサエちゃんは心配で、周りを探しました。

「コン、コン！　どこへ行ったダヤア？」

暗闇をすかして名前を呼びました。心配で眠られないこともありました。でも一晩いない程度で、次の日には、いつの間にか家に戻ってきました。

「どこへ行っとったダン？　ザイショにでも帰ってたのカネ？」

サエちゃんはコンが生家にでも帰っていたのかと聞きました。でも、コンは何も言いません。少し叱られたりしましたが、反省しているような様子は見せませんでした。

そうこうしているうちに、時々コンは家に鼠や昆虫を持ち込むようになりました。そんな時は決まって、サエちゃんのすそを引っ張り、その傍へ連れて行き、誇らしげにしていました。餌を自分で獲ったのを自慢しているのかと思いましたが、折角の獲物を自分は食べようとはしませんでした。どうやら、コンにしてみればサエちゃんにお土産を持って帰ったつもりのようでした。

ある日、家に立ち寄った四平さんにこのことを話しました。

「コンがネズミや虫をサゲチャぁ来て、始末に負えんのだわ。おやめンって怒ってやるんだけど、ちっとも聞きゃあセン。どうすりゃいいダン？」

「そりゃぁ、きっといつも世話になっているサエちゃんへお土産のつもりだニ」

四平さんはそう言えばと、よそから聞いた話をしてくれました。やはり四平さんは村以外のことを知っている物知りです。

「尾張の在のことだ。ゴンという名前の狐がおったゲナ。コンと似た名前だけど、こいつはワルサ好きで村の人に悪さをしては喜んどった。ところがその悪戯がすぎて、猟師の兵十という爺っさまに悪いことをしてしまった。お詫びに毎日のように栗を拾って届けていたゲナ。狐は採った物を人にサゲテくるようだノン。そんなこととは知らない兵十は、栗は神様が施してくれていると言われてその気になっていただゲナ。ある日、ゴンぎつねが栗をサゲテきた所へ兵十が帰って来て鉢合わせをしてしまい、泥棒狐と思い、吃驚コイた兵十は持っていた鉄砲を撃っちまった」

「兵十てのはタアケだノン。ゴンがド可哀そうジャン！」

「すぐ、兵十はゴンぎつねが栗を届けてくれていたことに気づいたが、後の祭りだった」

「オソガイ話だねぇ。弾はゴンにあたったのカン？　ソイデどうなったダン？」

「まぁハイ、話はそこで終わりダガネ。尾張の話。話の終わり。ハハハ、ハ」

「話かぁ。三河のこの辺じゃあ狐はお稲荷様のお使いダモンデ、悪さをするなんて誰も思っトリャアセンよ」

「ホウズラ！」

「そイカラ、百姓ばっかりで猟師はいないから鉄砲もアリャァセン。そんなオソガイことは起きんガネ。コンは良かったジャン。ゴンが聞きゃぁケナルガルゾン」

サエちゃんはコンの頭をなでながら嬉しそうな顔をしました。

それから一年経ちました。半月ばかり家に帰らなかったコンが五匹の子狐を連れてきました。

「うわぁ！　コン、ヤットカメだねぇ。こんなにヨウケ子供を産んだのカン⁉」

コンは一匹一匹をサエちゃんに紹介するような素振りでした。少し鼻を広げて自慢げに見えました。

その後も時々コンは子狐をサエちゃんに預けたまま森の中に行くようで、家を空けました。サエちゃんは大変です。コン一匹の時は適当に餌やり等の世話をしていたのですが、この度は五匹です。子狐たちは家じゅうを駆け回るわ、ご飯を食べればこぼしまくるわ。そこらじゅうに涎《よだれ》を垂らすわです。

「あんたらァ、こんなに汚くしちゃって、フントにランゴクモない！　オウジョウコクでいかんわ。マアハイ、そこらじゅうヨドマルケにしてーぇ！　イヤッタイ子たちだヤァ」

サエちゃんは工夫をしました。五匹の子狐に涎掛けを作ってしてやりました。

「こいでチイたあケッコクなるズラ」

家の中は少し綺麗になりました。

五匹の子狐はすくすくと育ったそうです。そして、いつのまにか他の狐たちもやってくるようになり、まるで狐の家になってしまいました。サエちゃんも近所の人たちも狐たちと仲良く暮らしたゲナ。めでたし、芽出度し。

これが私の聞いたお話です。今は村も人が増え、昔と様子が変わり、狐を見ようとしてもめったに出会えるものではありません。でも、昔は三河では多くの狐が人と和やかに暮らしていたのは間違いないことです。豊川稲荷へ行ってご覧なさい。おおくの狐の石像が寄進され、赤い涎掛けをしています。

（会話部分は三河弁を使っているつもりです。）

カチカチ山異伝

狐七化け狸は八化け　舌を出す奴尻尾出す奴

もうかなり昔のことですが、近所の人から聞いたお話です。お伽噺にカチカチ山という、タヌキが主人公で老夫婦と兎が絡むものがございます。どうもその噺の異伝ではないかと思われるものです。

あるところといっても、この界隈のお話ですが、お爺さんとお婆さんが住んでおりました。かなりの歳で、それも二人暮らしで細々とした生活を営んでいたそうです。名前がよくわからないので翁《おきな》と媼《おうな》と呼ぶことにします。ある時翁が柴刈に山へ出かけた折に、タヌキの赤ちゃんが一匹雑木の陰でピイピイと啼き声をあげておりました。見渡してみても、親の姿はありません。可哀そうに思った翁は子ダヌキを拾い、懐に入れて家に連れ帰りました。だいぶ前に自分たちの子供を育てたことはありましたが、タヌキは初めてです。ご飯をかみ砕いたりして与え、何とか育てることができました。楽なことではありませんでしたが、二人にとってはタヌキの成長が楽しみでしたし、それが生き甲斐でした。

やがて、タヌキも随分と大きくなったある日、哀しい出来事が起きました。翁が山から柴を担いで帰ってきますと、いろりの脇で媼が倒れていました。その隣ではタヌキが寄り添うようにして眠っていました。

野辺の送りを済ましてそれほども経たない時に、何人かの村の人が酒と肴を持って翁を見舞いにやってきました。酒がすすんだ頃、一人の村人が言いました。名前を五作と言いました。

「このタヌキ、タヌキ汁にして食べたら美味かんべナ」

そう言いながら五作がタヌキに手を出したとたん、ガブリと喰いつかれてしまいました。

「イテテ……テ！　こいつ食いつきやがった！　俺の言うことがわかったらしい」

五作はタヌキを睨みつけました。翁が言いました。

「小さい時から、いろいろ話を聞かせているから、少しはわかるかも知れんぞ、ハハハ……。大きな声では言えんがノ、ワシはかなり前に食べたことがあるが、タヌキ汁なんてェ物は美味い物じゃァない。この臭いが肉にまで染みついている」

五作は少しばかり赤くなった手を眺めて、忌々《いまいま》しそうにタヌキを見直しました。人間のやり取りを聞くともなしに、タヌキは寝てしまいました。

「こいつ、タヌキ寝入りをしていりゃあがる」

五作はタヌキがどうしても気に入らないようです。

翁はいつまでも悲しんでばかりもいられないので、また柴刈りに出るようになりました。タヌキも一緒について行き、時には柴を背負子で担ぐなど、翁の手伝いもしました。帰りがけに翁が一服している時、キセルを叩いた拍子にたばこの火玉がタヌキの背中の柴に入り、燻《くすぶ》り出しました。すぐに気がついたので大したことにはなりませんでしたが、背中の毛が少しばかり燃えて縮れてしまいました。

家に帰って膏薬を塗ってやっていました。そんな時、五作がきました。

「お、背中に火傷か。話に聞くカチカチ山だナ。兎が騙して背中に火をつけたとされているが、お前さんがやっちまったのかい」

噛まれてこの方、五作はタヌキを見ると何かと悪く言いました。タヌキはあまり気にする様子もなく、五作の顔を見ていました。

それからしばらくして、翁はタヌキと魚釣りに川へ出かけました。このところ続けて降った雨で川の水かさが増え、流れが速く、あまり魚は釣れません。翁は少しずつ深みに入って行きました。その時、思わず足を滑らしてしまい、転んでしまいました。立ち上がろうとしましたが、手を伸ばしても足を伸ばしても川底に届きません。深みにはまってしまい流されてしまいました。これを見たタヌキは川原を下に向かって駆け出しました。家にいる時ののんびりした動作からは考えられないくらいの速さです。流された翁は浅瀬に打ち上げられ、横たわりました。それ以上は流されずに済みましたが、水に体を横たえたまま動こうとはしません。翁の脇に駆け付けたタヌキは、翁の手首に食いつきました。かなり痛かったと見え翁は半分失いかけていた気が戻りました。半分だけ気の戻った翁の顔をタヌキは舐めました。

「お、お前か。助かったようだ。ありがとう」

何匹か魚の入った魚籠と釣竿は流されてしまいました。収穫はありませんでしたが、翁は嬉しそうにタヌキを抱いて家に帰りました。

このところ何かがある時に限ってやってくる五作が翁の家にその夜もきました。

魚を取りに出かけて川へ嵌まりタヌキが助けてくれた。翁は嬉しそうに、その話を五作に聞かせました。

「タヌキは兎にドロ船に乗せられて沈められ、溺れることになっているのに……。爺さんが溺れて、タヌキが助けるなんぞ、兎が聞いたらさぞ悔しがることだろうて」

「ハハハ、舟になんぞは乗っていないし、ウサギも傍にいなかったゾ。何でお前さんの話には兎がそんなに出てくるんだ」

「兎……。あれの身は軟らかいし美味い。臭みなんぞはないからワシは好物なんじゃ。タヌキは確かに臭くて美味くない。いけない、いけない。折角寝ているのに起きて又噛まれるのは御免だ。帰る、帰る」

それっきり、五助さんは翁の家に寄り付かなくなりました。

暫くして翁はタヌキを連れていつもと反対方向へ出かけました。小高い丘を過ぎると少し開けたところに出ました。畑のようですがすっかり荒れていました。その丘の縁に五作がぼけーっと座って、タバコをくゆらしていました。

「おい、五助じゃあないか」

「おぉ。タヌキ爺か」

「フム、タヌキ……。まあいいや。お前さんここでなにをなさっている？」

「……いいじゃあないか何をしようと。タヌキを捕まえに来たわけじゃあないことは確かだ」

翁はこれ以上話を続けるとこじれそうに思ったので、引き返すことにしました。丘を戻った所に何軒かの家がありました。知り合いがいるので寄って、五助のことを聞きました。五助はこのところいつもあの丘の所に座っているということでした。兎を捕まえ、それでタヌキをやっつけるとか言っているようです。そのために、毎日のように兎が木の根っこにつまずくのを待っているそうです。村では待ち呆けとかいう唄が流行っているそうです。

ファンドマネージャー殺人事件

人の言う幸すむは山のアナ、騒いで掘るは闇のアナ

ファンドマネージャー殺人事件という題でございますが、決して推理小説なんぞではございません。相変わらずの馬鹿ばかしいお話と申し上げたいところでございますが、中でも特に、お話にならないほどくだらないものでございます。

先日、すごいお金持ちで、殺されてしまったファンドマネージャーというお仕事の方が見えました。ご夫婦揃ってですから酷いものです。なんでも、囲いの中に穴を掘りその中に埋められていたんだそうで。ご同情を申し上げるのが筋ってぇものですが、まことに不謹慎かと思いますが、このお話で、連想してしまったことがございます。

え？　もしかしてお気づきで。え？　わからない。埋められていた所の近所の方は、なんか囲いができたなぁーと思っていたそうです。ハイ、そうです。小噺の中で天下一くだらない、例のつまらないやつです。

「近所の空き地に囲いができたよ」

「へー?!」

・・・・・

くだらないなどと言われながらも、どこかで一度くらいは多くの方が聞かされているようでございます。一番有名な小噺と思わなくてはいけないのかとも思う次第です。使い方としては、これをマクラにして、これからつまらない話を始めますとへりくだってみせるのが常套で。名人上手と言われる方がおやりになれば、それでもお客様は喜ばれます。そんな名人が手伝ってくださるはずもございませんので、もしかしていい塩梅に喜んでいただければという、助べえ根性丸出しでございます。

そんなわけで、連想ついでに、くだらないついでをやってみようと思います。お付き合いのほどを。

「囲いの中を掘ってみたらとんでもないものが出てきたよ」

「イタイナンダ?!」

・・・・・

その昔、山のアナ、アナで売った歌奴さんてぇ噺家がいました。このところはこれをおやりになりませんが、お元気なようで。そちらは結構ですが、空き地に掘った穴の話はどうも、まことにもって不思議な話でございます。空き地に塀があって、警察はどうしてそこを掘ってみる気になったのでになっていたのは承知していたようですが、囲いの中を掘りだすというのは、何か見当があってのことだったのでしょうか。ポチでも飼っているのでしょうか。そのファンドマネージャーのご夫婦が、行方知らずしょうか。

・・

「埋めたところに秘密の目印があったのかもしれない」

「ははぁ、ヤ印がしてあったんじゃあないの」

・・

なんせ恐ろしい事件ですから、てっきりその道のプロがおやりになったと思っていたのですが、捕まった方は妙に素人っぽい方でどうも腑に落ちません。二人をかなり計画的に殺しながら、自分は自殺しそこなったそうではございませんか。人はやれても自分はできないってんでは、素人もいいところでございます。この方は違うんじゃあないでしょうか。ヤの方面の方に思えますが。いかがでしょうか。

・・

「二メートルも掘ったにしては簡単に見つかった」

「アサハカだったんだ」

・・

二メートルも掘って、もしかして活断層でも調査しているということにしていたのでございましょうか。遺跡にしては新しすぎますようで。

・・

「儲けさせてもらえるはずが、損をさせられたので殺したんだ」

「エンの切れ目って言いますから、……」

・・

損をさせられたから人を殺すなんて、世の中に損をさせられた話ってのはゴロゴロございます。ゴロゴロと穴の外に死体が転がっているなんてのはぞっといたします。中でよござんした。

・・

「容疑者は食料品の取り扱いをしていた」

「それでクイモノにされたってわけか」

・・

「埋められて、一緒に入っていたものの中に、ケーキがあったそうだ」

「スイツが関係しているんだ」

・・

供養のためなんですか。ケーキがいいとか云いましても、セコイ感じがいたします。かなりと申しますか、ものすごいと言いますか、お金持ちで、スイスに住んでいたとか。

・・

「車を何台も持っていた」

「ガイシャのものにちがいないナ」

・　・

いつも思うのですが、日本人のお金持ってえのは外車が好きですね。私しゃぁ車ってえものは日本車が一番いいと思っていましたが、違うのですか。日本にみえた外国人の方はガイシャよりゲイシャの方が、などと昔は言っておったようでございます。

・　・

「犬が好きで、二匹も飼っていた」

「犬も死んだのか？」

「死んだようだ」

「ドックを盛られたな」

・　・

犬の方までは、マスコミも手が回らないらしく、生き死にはよくわかりません。

・　・

「ＴＶなどで報道された奥さんの写真は写りが良くなかった」

「本当はもっとベッジンか？」

「いやぁ、サッジンで」

稼ぎの方が半端じゃあないので、節税をしようってんでスイスに住んでおみえだったようで。日本には遊びに来ていたとかいうことでございます。

・・

「税金を少なくして、贅沢をしていたようだ」
「ゼイを尽くすってやつで」

・・

テケテテンテン……。
なんだ、この噺は。オチがないじゃあないか。
へい、落ちるわきゃぁありません。穴へは落ちずに埋められました。
お後がよろしいようで。
テケテテンテン……。

・・

一体お前の言っていることは、マクラに使うにも足りねえとおっしゃいましたネ。その通りで、……ハイ。どのお話も枕を並べて討ち死にでございます。

お後がよろしいようで。テケテテンテン……。

エェイ！　こうなったらもう一丁、ついでに。

噺家はこんな話を枕によく使いますが、殺された方は、とても枕を高くして寝られねぇ。

お後がよろしいようで。テケテテンテン……。

一席噺

チャイナフリー

薬漬け毒づけどぶのさらい水　人民の創意世界を席捲

エ～残り物なのに大威張りで暑さが巾を利かせております。それとは関係なく、小噺にしては少し長くて馬鹿馬鹿しいところ一席申し上げます。

来年はお隣の国でオリンピックが開かれるそうで。なんでも、空気を吸えば喘息になるし、物を食べればまがい物やら毒やらが入っているとかいう噂もございます。これを輸出しているものだから、世界が迷惑しているようで。アメリカあたりでは食べ物にチャイナフリーって書いたワッペンが貼られた物が売られているとかでございます。

ＪＯＣという協会がございます。いえ、オリンピックとは関わりはありません。ジャパン・オジサン・クラブの略だとか。そのＪＯＣが、関係のないオリンピックでマラソンの選手が喘息になりゃあしないか、水泳の選手が皮膚炎に、場合によっちゃあ食い物にあたって皆くたばるんじゃあなかろうかてなことを心配して、ＪＣＩＡに調査をお願いいたしましたそうで。そこでＪＣＩＡの強力なエージェントである熊さんが、密かに北京にやってまいりました。ＪＣＩＡは何か、ですか。知りません。
その熊さん、歳のせいか朝早く眼が開いたので、とりあえず市場にやってまいりました。食べ物の調査ができようってわけです。
熊「おや、看板が出ている。ここは飯屋のようだ。朝飯には何がいいかってえと……。うん、北京名物段球肉マンと書いてあるね。お早うございます」
店主「お早いことで。朝ごはんを召し上がられますか」
熊「そう。何にしようかと決めかねているのだが、……その段球肉マンてえのは。そちらのお姉さんたちがたべているやつかい」
店主「左様でございます」
熊「皆、美味そうに食べているな。大将。あれがよさそうなんだが、ちょっと気になって」
店主「何でしょうか」
熊「球ってえのは……、あれは英語か。ここは……」
店主「球のように丸めてありますが、何かご不審でも」
熊「いやその、肉マンに段球が入っているということかい……」
店主「入っているんでございます。いかがですか。話の種にお一つ」
熊「ハァーン。そうだなぁ。うぅん……一つ貰おうか」
店主「有難うございます。どうぞ」

熊さん恐るおそる一口食べてみました。
熊「少しばかり舌触りが妙だけれど、不味かぁないな」
店主「なんせ、健康食品ですから、そう美味いというものではございません」
熊「で、段球てのは何だぇ。どうも球というのがボールと読めてしょうがないんだ」
店主「お客さん語学が達者ですね。段球てのはお客さんがそう思われたそれです」
熊「なんだって」
店主「隣の店をやっていたのが、テレビに出ちまったのです」
熊「それで、もしかしてと気になったんだ。日本でもテレビでやっていたよ。これがそのあれかい」
店主「殆ど同じです。私はそのテレビをヒントにしました。そして看板を出しました。そこに書いてあるでしょう。〝ダイエットに段球肉マン〟って。健康食品です。なんせ段球には殆どカロリーはありません」
熊「ふむ」
店主「これが若い方に気に入られて、結構売れているのです」
熊「値段が普通の肉マンより高いのはどういうわけだい」
店主「えぇ。なんせ食の安全を確保するには、中国製では安心できません。大きな声じゃ言えませんが、どうも中国製ときたひにゃあ、まがい物は入れるわ、薬は入れるわ、とどのつまりは毒までもってやつです。そこで材料を日本から輸入しています。〝原料は日本からの輸入品です〟って、そこに書いてあるでしょう」
熊「へー。日本から段球を⁉　それで高くても売れるの」
店主「チャイナフリーってのは高くってもいいんです」
熊「へー。どこかにシールでも貼っているの？」
店主「貼りたいのは山々ですが、貼ったら当局に睨まれてしまいます。ダイエットが必要なのは金持ちだけです。そこそこ高くても、安心して食べられるものを選びます。減肥、減肥に、食材への安心感もヒットのもとです」
熊「おいらぁダイエットなど必要ないんだが、こちらへ来たら何を食べても具合が悪くなるんじゃあないかと心配していた。ここで食べれば安心ってえわけだ」
店主「有難うございます。もう一ついかがで」
熊「いや、結構だ。おや。変な気分になってきましたよ」
店主「どうされました」
熊「いけません。なんか腹の中が、ホームレスになったような気分です」
　北京でホームレスにはなりたくないと熊さんは慌ててホテルへ戻りました。あくる日になって、また熊さんは件《くだん》の店にやってまいりました。
熊「お早う。昨日は妙な気分になってしまったのですまなかったな。口直しに何か他の物を食べさせてもらおう」

店主「お変わりの様子もなく、結構でした」
熊「ところで、夜っぴいて考えたんだが、段球なんぞを日本が輸出しているかい」
店主「段球といって輸入しているわけではありません。古紙です。ほら、屑~イ、お払いの。ごめんなさい、ちり紙交換の。え？　ご存じない？　そりゃまた。そういえば、今は学校あたりで資源回収とか言ってやっているとか訊きましたが」
熊「あぁ、それか。お前さんよく日本のことを知っているね」
店主「へえ」
熊「おや。また、変な気分になってきましたよ。じゃあ俺は紙屑を食っちまったのかい」
店主「そういうことで。でも日本製ですから何の問題もありませんよ。米なんぞは、日本製は三十倍ぐらいしますが、結構売れています。これは、言ってみりゃぁリサイクル品ですからせいぜい二倍です。ところで、日本米で炊いたご飯がありますがいかがですか」
熊「米が三十倍にしちゃあ安いご飯だな」
店主「コシヒカリです。だから二倍ですんでいます」
熊「？」
　この度はコシヒカリに満足してくまさんはホテルに帰りました。
あくる日になって、またまた熊さんは件の店にやってきました。
熊「お早う。おや、なんかバタバタしてますね」

店主「朝っぱらから当局の呼び出しを受けまして」
熊「(……まさか俺のことがばれたのか?) なんか引っかかったのかい」
店主「なんでも、あの段球は日本製じゃあないということで。中国から輸出した椎茸やほうれん草を入れた段球がまとめて処分された物なんだそうで」
熊「じゃあ中国製かい。毒かなんか入っているの?」
店主「大丈夫ですよ。変な物が見つかったのは中身の椎茸やほうれん草の方ですから」
熊「入れ物は大丈夫ってことなのか。あんたは無罪放免されたの。どうして?」
店主「いや〜、助かりました。いい塩梅に日本製とは書かなかったからです。ほら、日本からの輸入品ってなってるでしょう。チャイナフリーともしてありませんし」
熊「嘘じゃあないよな。日本でも大臣が法律は守っていますって説明しているよ」
店主「そうでしょう。私は日本の大臣並みに正直者なんです」
熊「そういえば、隣の人はどうしたの。段球肉マンの発案者。あれはやらせだと当局が発表したそうじゃあないか。無罪だろう」
店主「いいえ。やらせなんかじゃあありません。やらせということにしていくらか貰い、奴は追っ払われてしまいました」
熊「あんたはいいの」
店主「えぇ。奴さんは段球を入れて、それを隠して肉マンとして売ったから駄目なんです」

熊「あんたは嘘をついてないからいいわけだ。ちょっと訊くが、昨日食べたご飯はコシヒカリだったね」
店主「コシヒカリです」
熊「日本のコシヒカリはここではコシヒカリって言えないそうじゃあないか」
店主「えぇ。ですからコシヒカリです」
熊さんは少しばかりがっかりしてホテルへ戻りました。
がっかりしたので、数日間をおいて、熊さんは件の店にやってまいりました。
熊「あれ、やけに客が少ないね。おまけに段球肉マンは売り切れちまったようだな」
店主「申し訳ありません。段球肉マンに使っていた日本からの輸入肉がこれなんですが、先日きた客に日本製の肉だとこれを見せました。それから日を追って客足が落ち、段球肉マンはぜんぜん売れなくなってしまったのです。どういうことなんでしょうか」
そう言いながら店主の差し出した肉の包装紙には〝牛ミンチ　製造：苫小牧市入船町ミートホープ社〟と日本語で書いてありました。
お後がよろしいようで。

あ、そう

ばら撒いて枯れ木に花を咲かすなら灰の一籠あればいい
タロウか足りぬか考えがアソウございんす馬鹿野郎

えー、お笑いを一席申し上げまして、今年のお別れといたしたいと思います。

落語の世界では馬鹿の名前は与太郎ということに決まっております。それも与太郎などとフルネームで言うことなんぞはめったになく「おい、与太」てんで「ろう」の方は飛ばしてしまいます。頭のほうだけは残してあるのは馬鹿に対するせめてもの罪滅ぼしというものですな。ただ最近では、それよりも馬鹿な人がいるようで、頭を飛ばそうにも飛ばせないので、フルネームで呼ばれている方もお見えのようでございます。「よたろう」ではなくて、なんでも「たろう」という名前だということです。私が思うには本当は「よたろう」よりもう少しばかり馬鹿なので、頭のほうを飛ばしてしまったのじゃあないかと。

その昔、「あ、そう」といえば、恐れ多くも昭和天皇の口癖とされておりました。臣民がこれを使うと、なんとなく具合が悪かろうというんで、人前では使わなかったものでございます。世の中は広いものとはいえ、その天皇に遣え「臣茂」と署名した総理大臣の血を引いた方から「あそう」という苗字で「たろう」につながっているんだそうで。あのお方が「馬鹿野郎」などと国会で言ったのは、孫のことだったのでしょうか。先の読めるお方でしたからねぇ。

ええ、ある時、このところのお偉方が健康診断を受けられました。これほどのメンバーが一度に検診を受けられるなんてぇのはミゾユウのことでして。国会、政府のルールをフシュウしたものではございません。よくわかりませんが、とにかく健診があったのでございます。

医者「小泉先生。病気というわけではありませんが、CRTでは大層お腹が黒うございます」

小泉「さすがは日本の診断技術はたいしたものだ。権謀術策の奥義を窮めたつもりだったがな。腹の黒さが診断でわかるとは」

医者「足が出ているようですが」

小泉「うぅん？　ライオン宰相などと呼ばれたこともあったから、ライオンの足か。スフィンクス並みになったのかな」

医者「いいえ、馬脚のようで」

小泉「ライオンに馬脚はないだろう。これも色々。黒でも白でも、人生色々。かまやあしません」

小泉先生はラブミーテンダーなど口ずさみながら退室していきました。

医者「次の方どうぞ。あ、安部様。どうされました。ひどくあぶら汗をかいていますね」

安部「腹が痛いんですが」
医者「はらの黒いのもいかがかと思いますが、痛いのはもっと困りますね」
安部「仕事を休ませていただいた方がよろしいかと思うのですが」
医者「そうされた方がいいでしょう。ごゆっくりとお大事に。次の方どうぞ」
　安部様が小走りにトイレへ駆け込むのを横目で見ながら、福田さんが人に押される振りをしながら自分で入ってまいりました。麻生さんが先に入ろうとしたようでしたが、なんか邪魔をしてまんまと先に入ったようにも見えました。
福田「私は別に見ていただかなくても結構なのですが」
医者「一応拝見いたします。おや。お腹は何ともありませんね」
福田「そうでしょ？　私にはわかるのです。私はあの方々とは違いますから」
医者「お腹は別にしても、へその方がずいぶん曲がっていますね」
福田「私が好きで曲がったのではありません。ねじれを直そう直そうといったのですが、言うことを聞いてくれなかったのです。ふん」
　福田さんは急に怒ったようなご様子で出て行ってしまわれました。
医者「では、次の方」
　麻生さんは急に呼ばれたので、読みかけのマンガを待合室に放り出すようにして駆け込んでまいりました。

麻生「私の腹は黒くはないし、痛くもありません。へそも曲がってなんぞしていません」
医者「へそはとにかくとして、口の方は……」
麻生「なんせ、仕事の最中ですから手短にお願いします」
医者「いやいや、貴方は現役バリバリですからこそ、丁寧に、正確に見て差し上げます」
麻生「性格ですか？　政策ですか？」
医者「政策はそちらがご専門ですから」
麻生「なんか、どうもお医者さんとは波長が合いませんな」
医者「政策は貴方で、診察は私です。言っていることはおわかりですね」
麻生「なんか、ボケ診断でも受けているようで」
医者「いいえ、私は内科医です。精神科医ではありません。アホウ総理」
麻生「今、アホウと言いませんでしたか」
医者「とんでもありません。居酒屋あたりではそう言っているって話は聞きますが、私は口が曲がっても……、失礼、口が裂けてもそんなことは申しません。耳の方は大丈夫だと思いますが。アソウ総理……大丈夫ですね」
麻生「さっきはアホウと言ったように聞こえましたが」
医者「いえいえ。ウーンと。少しばかりガンマＧＴＰが高いですね。ワインの飲みすぎではありませんか」

麻生「ワインは飲みますが、高いとか安いとかは自分の金ですから」
医者「いいえ、高いのはワインのお値段ではありません。ガンマが多すぎるのです」
麻生「何ですって。マンガの読みすぎだと言われますか。マンガのひとつも読んでいないと若者の仲には入れません。それが常識です。どうもお医者さんというのは常識に欠けるようですね」
医者「私はマンガのことは申しておりません。ガンマでございます。……ところで総理は学習院のご卒業でしたね」
麻生「ハイ。それが何か」
医者「早稲田か慶應なら大麻の検査も必要かと思ったものでしたから」
麻生「…………」
医者「失礼いたしました。以上でございます。……あぁ、帰りに眼科によって目の検査を受けられた方がよろしいかと。少し字が読みにくいようですから」
……お後がよろしいようで。
診察室から一度出たアソウさんがまた戻ってまいりました。
麻生「今、お後がよろしいようでと言わなかったですか？　私しゃあ、まだ辞めませんぞ。後釜のことはもっと先にしてくれたまえ」
医者「いいぇ。私は何も申していません。噺家が決まり文句の、お後がよろしいようでと言ったようですが」

麻生「うぅん？　先生じゃあなかったんで。…………。お前か、噺家ってのは？　俺も落語のことは少しぐらいは知っているが、今日の話は少しばかりハンザツ……じゃあない、粗雑じゃあないか」

少し考えてからとは思いましたが、あのお方もいつまでもつかわからないので、慌ててやっちまいました。お後がよろしいようで……間違えた。

……お後も怪しいようで……。

弊国陸海軍意外伝

海ゆかば水にしっこ　山ゆかば糞する馬鹿ね
おぉ君の屁にこそ臭おえ嗅いでみわせじ

え〜、先日新宿の末廣亭へ行ってまいりました。近頃では落語はあまり流行らないものと思っていましたが、なんと金曜日の昼席というのに満員でございました。もっとも演者の多くが驚いている様子でしたから、たまたまのめぐり合わせだったのでしょう。私の駄文を読んでいてくださっている方の中には、何人か落語好きの方がお見えのようです。その中には、今ではなくなってしまったものをお探しで、あれも消えた、そういえばあれもなくなったと、お楽しみになっている方もお見えです。そんなわけで、今ではなくなったもので、一席うかがってみようかということでございます。

え〜、昔はあったけれども今はなくなってしまったもの。そんなものは数え上げたらきりがございません。その中に陸軍とか海軍などという軍隊がございます。帝国陸軍、海軍などと申したものでございます。最後は負けてしまいましたが、強かった時もございましたようで。いえいえ、今日のお話は強かった帝国陸海軍のお話ではなく、少しばかりお噺風な、弊国陸海軍のお話でございます。
弊国の陸海軍は創設以来、数々の武勲戦訓を立ててまいりました。今やその歴史上の様々な出来事が、忘れ去られようとしております。誠に残念至極でございます。そこでささやかに、武勲をたたえ、功績を後世に遺そうではないかと思うのでございます。そんなわけで、一席うかがうことといたします。
さるところに年金で悠々と暮らしている御隠居と派遣切りにあったのか、若いのにぶらぶらしている八五郎という男がおりました。御隠居は高学歴を自慢しておりましたが、本当は何もわかっちゃあいませんでした。だから、古いことならと、昔話を得意としておりました。今日も八五郎がからかい半分で、暇つぶしにやって来ました。
八「こんちは。御隠居お元気そうで。お、ラーメンなど、旨そうですね」
隠「おや、八っつぁん。これはな、ニッシンが初めて作ったチキンラーメンだよ。おまえさんも食べるかい」
八「ゴチになります。ところで御隠居、ニッシンといえば昔そんな名前の戦があったそうじゃありませんか」
隠「うん？　もしかして日清戦争のことかい」
八「その日清で。知っていたら一つ勇ましいところを……。だいぶ前になりますが〝勇敢なる水兵〟

という歌を聞いたことがあります。そいつの話を一つ」
隠「歌？　歌はなぁ、知らんこともないが」
八「なんでも知らないことはないと、いつも言っているのに、知らないんだ」
隠「そんなこたぁない。知っているとも。日清戦争てぇのは、そもそも、わが国が軍隊を創設して、最初にその戦火を敵国と交えたものだ。この時の黄海沖《こうかいおき》海戦を知っているかい」
八「え？　後悔大きい海戦？　しょっぱなから負けたんだ」
隠「その後悔じゃあない。黄色い海。黄海だ。じゃあ、虎次郎も知るまいな」
八「とら次郎。知ってますとも。柴又の寅さんを知らない日本人なぞ、滅多にいやぁしません」
隠「その寅さんではない。たしか三浦虎次郎という名の兵隊さんだ」
八「フーテンじゃあないんだ……」
隠「フーテンではない。三等水兵という、一番下っ端の兵隊さんだ。この兵隊さん、どういうわけかインフルエンザに感染したんだな」
八「インフルエンザなんてものがそのころからあったんですかい」
隠「そのころは流行性感冒と言い、略して流感と呼んでおった」
八「それで」
隠「その虎次郎さん、流感で死んじまった」
八「それで？」

隠「死んじまった」

八「え？　それでお終い？」

隠「ウン。……」

八「話でも何でもないじゃあないか？　〝勇敢なる水兵〟の歌は？」

隠「あぁ、そうだったな。その頃は、ワクチンもタミフルもなかった」

八「……」

隠「流感なんぞが軍艦の中で起きるのは一大事だ。参謀本部へ報告をした」

八「なんて……？」

隠「〝流感なる水兵〟を電文の解読に間違いがあってか〝勇敢なる水兵〟となった」

八「御隠居。苦しくはありませんか？」

隠「熱で苦しいのは虎次郎水兵。わしは苦しくなんかあるものか。歌の文句に〝未だ沈まずや定遠は〟というのがある」

八「あぁ。その文句は知ってます」

隠「それは熱に浮かされた虎次郎が軍医に〝未だ下がらずや体温は〟と聞いたのを〝未だ沈まずや定遠は〟と聞き違えたのだ」

八「本当ですか。御隠居。わっしゃ知ってますぜ。本当はあくる日の朝刊に間に合わなかったので〝夕刊に載る水兵〟……」

隠「八っつぁん。あんたもやるね。それじゃあ、日露戦争に行こうか」
八「急に時代が進みましたか。日露とくりゃあ、乃木大将、東郷元帥だね」
隠「乃木大将？　あれはノンキ大将というのが本当だ」
八「え？　ノンキ？」
隠「ンのついた方で、武功を立てられたな」
八「二百三高地てえのがありやした」
隠「そう。旅順を落すのに二百三日かかった」
八「え？　場所の名前じゃあないんですかい。戦った日数とは知らなかった」
隠「名前の通り、随分とノンキな方で何日も、何回もやたらに兵を突っ込ませたそうだ。屍を乗り越え突撃を。兵隊はそれにつまずきスベッテ、スベッテ大変だった」
八「でも勝ったんでしょう」
隠「ウン。勝って敵将と水師営というところで会見した。その時敵将が、随分スベッテマシタネと言ったのを、当人の名前と思い、敵の将軍はスベッテルと思い込んだらしい」
八「確かそれはステッセルてぇんじゃあ。おいらの知ってる名前とは、みんな違うんだ。もしかして東郷さんも違うの？」
隠「勿論。濁りがない。濁り、曇りのないお方だ。あれは、本当はトウコウ元帥という」
八「トウコウ？」

隠「うん。降参することを投降と言うだろう」
八「これまた負けたんで？」
隠「勝ったよ。大勝利だ」
八「じゃあどうして投降なんで？」
隠「場所は日本海。天気は晴れのち曇り時々雨、ところによっては雪でしょう」
八「それはないでしょう。その日の天気は有名ですよ。天気晴朗なれども波高し」
隠「そうとも言う。天気がいいので洗濯物を干した」
八「洗濯物を干したんじゃなくて、軍艦三笠のマストの上にZ旗を掲げたんでしょう」
隠「違う。それが違うんだな。ロシア・バルチック艦隊を目の当たりにして、すっかりうろたえ、白旗を掲げてしまったのじゃ」
八「負けたんで？」
隠「勝った！」
八「白旗でしょう？」
隠「ここが元帥の偉大なところ。すぐに気づいてZ旗に変えた」
八「じゃあよかったんだ」
隠「よくない。味方の水兵どもが騒いだね。初めの白旗に驚いて、トウコウだ、元帥がトウコウだ。トウコウ元帥だ……って。味方の船が旗艦の指示に戸惑って右往左往してしまった」

八「駄目だったんだ」
隠「よかったんだ」
八「いいと言やあ駄目だ、駄目だと言やあ、よかったとくる。ヘソ曲がり！」
隠「へそ曲がりではない。艦隊が曲がってしまったんじゃ」
八「ヘソじゃあないんで？」
隠「うん。訳がわからなくなった連合艦隊は敵前で向きを変えてしまったんじゃ。ところが、これが相手を驚かせ、ほんの十分ほどで何隻も主要敵艦を沈めたのだよ。これで勝負あった。人々はこれを敵前回頭と名付け、その作戦を称えたナ」
八「わかりました。それでトウコウ元帥って言われたんだ」
隠「それだけじゃあないよ。元帥が乗っていた艦の名前も三笠じゃあない」
八「こいつも違うんですかい」
隠「大勝利に敵味方ともに驚いた」
八「何て名前で」
隠「軍艦マサカだ」
　お後がよろしいようで。

弊国陸海軍意外伝続き

ペンに代りて文を打つ中途半端の我がパソコン
閑古の鳥が啼いたとて今ぞ書き出す文の悔い
肩肘息んでみたけれど近頃心のいざむなし

先月は実にくだらない話をしてしまったと、ご隠居はすっかり反省して、少しの間おとなしくしておりました。そんなところへ八五郎がやってきました。
八「おや、なんかショボクレてるじゃあござんせんか」
隠「つまらん話をお前さんにして、反省の日々を過ごしている今日この頃だ」
八「そんな、寅次郎みたいなことは言いっこなしですぜ。つまらない話と言いますがね、例の戦話、脇へ行って聞かせたら、みんな面白いって言っていました」
隠「本当かい。お世辞じゃぁないだろうね」
八「世辞なんかじゃぁござんせん。続きを一つお願いします」

隠「そうかい。こちらがやりたくて押し売りするわけじゃあないから、寝床の二の舞にはなるまい。そんなに言うなら続きをやろうか」
八「お、その気になりましたね。続きってぇと何からですかい」
隠「確かこの前は日露戦争だったたな。そうするってぇと、上海事変かな」
すっかりしょぼくれていたご隠居は元気を取り戻しました。
隠「ところで、八っつぁん。上海事変をご存じか」
八「よくは知りません。なんでも沢山の国が寄ってたかって、支那大陸を取りっこしていたとか聞きましたが」
隠「よく知ってるじゃあないか」
八「確か、肉弾三勇士の話ってのがありましたね」
隠「それだけ知ってりゃあ、わしが話すことはないよ」
八「そうですかい。じゃあこれで」
隠「お待ち、お待ち。今思い出したことがある」
八「ほう、何ですか」
隠「肉弾三勇士とか言ったな」
八「へぇ」
隠「それが素人の浅はかさだ」

八「え？　何か思いついたな！」

隠「な、とはなんだ。あれは肉弾ではない。肉まん三勇士が本当だ」

八「肉まん〜？」

隠「あの時はもう勝負がついていて、敗残兵を探していたんだ。肉まんを山のように持って、匂いで腹の減った奴らをあぶり出そうという、それは平和的な作戦だった」

八「肉まんを持ってねぇ」

隠「ところが、馬鹿な奴がいて鉄砲を撃ちかけてきた。それが肉まんに当たり肉片が飛び散った」

八「ほい、ほい」

隠「新聞社が、この写真を国に送った」

八「それを陸軍さんが、肉まんじゃあ恰好がつかないってんで肉弾三勇士と名付けて報道するようにさせたんでしょう」

隠「うん。お前さん賢くなったな」

八「次へ行きましょう。次へ」

隠「次へ行こうか」

八「そうだ、あそこは廟行鎮《びょうこうちん》といいましたが、本当は肉まんを電子レンジでチンしたんでしょう」

隠「次だ。次だ」

八「次とくりゃあ、大東亜戦争で」

隠「八、お前さん本当に何も知らないのか。わしをからかっているんじゃぁなかろうな」
八「とんでもございません。次へ行きましょう」
隠「次か。次はあんまりやりたくない」
八「どうしてですか？　次へ行きましょう」
隠「なんせ負け戦だ。面白くもなんともない」
八「そうですかい。結構面白い話もあるんじゃあないですか」
隠「しょうがない。じゃあやるか」
八「待ってました。大嘘つき」
隠「なに？」
八「いえ、その。大統領！」
隠「大東亜戦争だぞ。大統領は敵だ」
八「さいで。真珠湾攻撃で幕を開けました。山本五十六元帥による奇襲攻撃です」
隠「五十六？　わしゃぁ知らん。もしかしたら、山本イソウロウのことか？」
八「お、来たね。それそれ」
隠「頭は良かったが、なんせ居候だ。働けってんで湯屋に行った」
八「それで」
隠「お前さん知ってるだろう。あれこれ妄想がすぎて、番台から落ちた」

八「暗号がばれていて、乗っていた飛行機が待ち伏せされ、落っこちたんじゃあなかったの」
隠「うんにゃ。番台から落ちで死んだんだ」
八「バンザイ！って死んだんじゃあなくて、番台から落ちたの」
隠「話としてはバンザイと言ったことになっている。バンザイじゃなく本当は番台だ」
八「いやな死に方だね。それと比べりゃあ、海軍さんより陸軍の方が死に方がいい」
隠「誰だい」
八「敗戦の責任を負って、割腹して果てた阿南陸相だ」
隠「それもいささか違うぞ。そんなに恰好よくないし、第一アナミではない」
八「ほー、さいですか」
隠「陸相として負けたことがわかっていても、自分の立場ばかり考え、本土決戦を叫んだな」
八「それで」
隠「己の敗を認めようとしなかったんで、アンナン陸相かって言われた」
八「でも腹を切るなど、武士らしい」
隠「本人はアンナンじゃあなくて、アナミだと言ったんだが、誰も賛成しなかった」
八「それで、腹立ち紛れってやつだ」
隠「腹を立てたのを、切ったことにした」
八「腹を切らずにピストル自殺したのもいましたね。確か東條首相で。これもなんか別の名前ですか」
隠「うんにゃ。東條は東條だ。東條英機だ。でも死ななかった」
八「なんでもアメリカ兵の血をもらって輸血し、命長らえたとか。混血児第一号だとか」
隠「いやいや、敗戦前からごみ箱漁りをして、慣れていたからホームレスをやっていた」
八「でも裁判で絞首刑になったんでしょう」
隠「そこが違うんじゃ。裁判中に大川周明という男に頭をぶん殴られ、頭がすっかりおかしくなって、無罪放免されたんじゃ」
八「じゃあ、靖国にいるのは一体誰で」
隠「影武者かなんかだろう」
八「無罪放免されてからどうなったんですか」
隠「東條と名乗らせるわけにはいかん。そこで西城と名乗った」
八「東を西に」
隠「うん。そして〝ドーダ、ドーダ、ローラ〟なんて歌っていた」
八「西城秀樹のことですかい？」
隠「なんか悪いか」
八「悪かあないけど、少し歳がなあ。字も違うし」
隠「歳がどうしたって？　よくぞ気がついた。奴もさすがにマズイと思って、マズイ秀喜と名を変えて、ニューヨークにまで乗り込んだ」
八「そういえば戦争に勝って、ニューヨークやらワシントンへ乗り込んでてぇ話がありましたね」
隠「夢を実現したんだな」
八「でも、今年からロスアンゼルスへ変わったでしょう」
隠「やっぱりアメリカのＣＩＡは大したものだ。気づいて極秘のうちに西海岸へ追放したんだ」
八「おかげでイチローとの対決が見られるってえやつで。それもイチローが投げるってぇ噂がありま
す」
隠「やるかもしれんが、公式では無理だ」
八「メジャーでは、延長でピッチャーがいなくなると野手が投げますよ」
隠「でもな、ボールが駄目なんだ」
八「なんで」
隠「ボールがなあ、硬式じゃあない。ボールではなくマリなーずだ」
八「？」
隠「お後がよろしいようで」
八「御隠居、ご隠居。お後がよろしいようでって、東條英機はどうなったんですか？」
隠「東條英機。あぁ、あれはな、中古の機械として売られ、中国で使われている」
八「中国は使い勝手がいいんですか？」

隠「そりゃあいいとも。日本製はいい。いつでもその気になると使える永久旋盤になって働き続けている」

お後がよろしいようで。

マラウイ法

ほんにお前は屁のような

いとし恋しと思えどもかぐや姫の屁　月への点火

世の中騒がしさが一向に収まる気配がございません。おまけに早々と梅雨入りしたようです。こういうときはバカバカしいお話でご機嫌をうかがうのがよろしいのではと存じます。

えー、御隠居が暇を持て余しているところへ、いい塩梅に八五郎がやってまいりました。

八「こんちは。御隠居、お元気そうで」

隠「おや、八五郎さん久しぶりだね」

八「お元気でと言っちゃあみましたが、少し顔色が冴えネエようにお見受けしますが」

隠「わかるかな?」

八「やっぱり。どこが悪いんですか」

隠「いやぁ。どこかが悪いわけじゃあない。朝っぱらからしくじった」

八「御隠居でもしくじることがあるんですか」
隠「うん。ウンだ」
八「ウン?」
隠「そうだ。ウン。お前さん知らないのかい」
八「一体ェ何ですか?」
隠「マラウイ法だよ。国連の安保理事会で議決されたマラウイ法をこの度我が国も批准した」
八「で?　そのマラなんとかてぇのは、何だかわかりませんが?」
隠「今を去ること何年か前に、アフリカにあるマラウイ共和国でおなら禁止法というのが制定された」
八「そう言えば、聞いたような気がします」
隠「あろうことか、まわり回って国連で議決されたのだ」
八「で、ご隠居とどういう関係があるんで」
隠「難しいことは抜きにして、どういうわけか温暖化対策、CO_2削減対策として、外では屁をたれるなということだ」
八「外で屁をこくな?　そんな無茶な。出物腫れ物で所嫌わずでしょうが」
隠「まぁな、家の中などでは構わんのだが、公共の場ではいかんのだ」
八「じゃあ、外で屁をこいたら、ビニール袋にでも入れて持って帰るんですか」

隠「犬の糞じゃあない。屁だから捕まえようがない。だからといってそう簡単に止めるということもナ。それで昨日から屁の出し収めと思い、思い切りやっていたんだ」
八「ははぁん。でも屁をこきまくりゃあ気持ちがいいんじゃあないですか」
隠「そう。屁は良かったんだが、今朝がたガス欠を起こし、実が出てしまった」
八「実が?……汚ねえ。ちゃんとおケツを洗ったかい」
隠「おケツは洗ったが、気分は良くネエ」
八「そりゃ、御苦労さま。飛んだ災難で」
隠「ホンに」
八「ところで、さっきマラ何とか法ってのは国連とか言ってましたね」
隠「マラウイ法だ。そう、外国でも公共の場で屁をすれば、罰金だ」
八「あっしゃぁ日本から出るなんてことは滅多にありませんから構いませんが、よその国ではもうやられているのですかぃ」
隠「そう。日本はねじれ国会とやらで揉めてて、最後に決まったのさ」
八「じゃぁ、よその国ではもう……。アメリカあたりではどうなんですか」
隠「アメリカでは何とかいう有名人が引っ掛かったそうだ」
八「有名人でも捕まるんだ」
隠「それが、有能な弁護士を立てて無罪になった」

八「ちょっと待って下さいよ。罰ったって、罰金程度のものでしょ。懲役じゃあないんでしょ」
隠「そう。アメリカの罰金は確か10ドルだ。弁護士費用はその一万倍はする」
八「それで満足しているのですか。金持ちのやることはわからない。じゃあ、イギリスでもそうなんですか」
隠「イギリスでは反骨精神を持った若者が多いようで、なんでも、ブートルズと名乗っているとか。お上に逆らった奴がいる」
八「屁をこきまくったんですか」
隠「そうだ。ロンドンは監視カメラが多いそうだ。それに向かって尻を突き出し、屁をこいた。自爆テロだなどとツイッターとかで威張っているらしい」
八「それじゃあ自首して出るようなものじゃあないですか」
隠「そこが素人の浅はかさ」
八「あっしゃぁ、屁の素人ですかい。結構やってますがネ」
隠「監視カメラじゃあ音も取れないし、匂いも駄目だ。証拠不十分で手が出せない」
八「屁は出ても手は出ないってわけですか」
隠「まあ、シャーロックホームズでも、スコットランドヤードでも無理じゃ」
八「００７の出番ですかい」
隠「００７は出なかったが、ロシアではＫＧＢが出動したらしい」

八「お、ＫＧＢとくりゃぁ、本格的ですね」
隠「なんでも、プーチンが演説中に屁を漏らしてしまったそうだ」
八「もしかして、気密漏えいとか言いたいんじゃぁ」
隠「そう。国家機密漏えい。屁だけに、嗅ぎつけた連中がいた。そいつらはＫＧＢが処分をするところとなった」
八「罰金ですか」
隠「ＫＧＢは罰金の取り立てはしない。取り立てたのは一番得意とするものだ」
八「？……。ははぁん。お命ですか？　さいですか。日本ではそんなことはできないから、どうしますか。取り締まりが難しいでしょうね」
隠「取り締まりなんてえのはまずできない」
八「じゃあ、ご隠居のこの世のしおさめは必要なかったんで」
隠「まあな。だがな、大丈夫だ。さっきテレビでやっていた」
八「得意の朝令暮改ってやつで？」
隠「いや、政治は二流、技術は一流だ。さすがは日本。ハイテクの国だ。防音と臭いの吸収機能を持ったパンツが明日売りに出されるそうだ。政府も乗っかって、ヘコポイントをつけてこれを買わせ、景気対策にするようだ」
八「成程。明日、早速買ってきますヨ。御隠居の分も一緒にね」

隠「あぁ、有難う。よろしく頼むよ」
あくる日になりますと、八五郎が一抱えほどのパンツを持ってやってきました。
八「お早うござんす。サイズはMでよござんしたね」
隠「有難う。有難う、助かるよ」
八「ひどい行列で、朝っぱらから並びました。途中で屁が出そうになりましたが我慢しました。並んでいるうちにその気がなくなったので助かりました」
隠「いやぁ、すまんこって。お前さんにも思わぬ苦労をかけたな」
八「大したこたアござんせん。屁みたいなもので、へへへ……。ところで、少しばかり気になるのですが」
隠「何かな」
八「一番人間の数が多いとされる中国ではどうなっているんですか。発展途上国だとか言って、自分だけは入っていないなんてことはないでしょうね」
隠「それはない。なんせ、元はマラウイ共和国だ。それも社会の品位を保つというのが、そもそもの発想だからな。あの大国がマラウイより後進国だというのはさすがに言えない」
八「じゃあ、やられているんですね。数が多いから、あの国が屁を控えりゃあ、世界が浄化されるってぇもので」
隠「その通りじゃよ」

八「で、首尾はいかがなものですか」
隠「早速効果が出ているな」
八「そうですか」
隠「ただその効果が少しばかり変な具合なんじゃ」
八「屁が変な具合じゃあ、シャレにもならねぇ」
隠「このパンツだ」
八「パンツがどうかしましたか」
隠「天安門で男が公安にしょっ引かれた」
八「屁でですか」
隠「そう。屁でだ」
八「へー、そんな法律知らなかったんじゃあござんせんか」
隠「よく知っていたんだ」
八「知っていてやったんですか」
隠「そう。それもわざわざ公安の鼻っ先でやっちまったんだ」
八「鼻っ先でやられりゃあ、か弱い日本の警察でも公安でも捕まえますよ」
隠「奴は後悔しているそうだ」
八「そりゃあそうでしょう。で。パンツはどうしたんですか」

隠「そうそう。奴はそれを秀水街市場という所で買ったんだとか」
八「だってご隠居、変じゃありませんか。日本でこのパンツが売り出されたのは今日ですよ」
隠「そうだ」
八「どうして」
隠「あの市場では、発売元より前に売られるのがあるんだよ」
八「へぇ！」
隠「買ったのが秀水街市場。勿論、本物じゃアない。お馴染みのやつだ。一発目は多少効くようだが、二発目からはほとんど効果がなくなってしまったらしい」
八「ひでえや。モロに鼻っ先ですかい」
隠「効果てきめん。いや、パンツの効果は何もない。おまけに何か禁止薬物が使われているらしく、普通の屁よりひどい臭いになったようだ」
八「ひでぇ臭い話だ」
隠「奴さん、俺が悪いんじゃあない。偽物を売ったパンツ屋が悪いと訴えたナ」
八「ホイ、ホイ」
隠「現場検証ということで、天安門でパンツの真贋識別が行われた」
八「天安門で識別？」
隠「そう。天安門で識別。略して世にこれをテンシキという」

八「……？　へー……？」

お後がよろしいようで……。

続マラウイ法

仁王とは語るに落ちる　息んで出したはお前だろ

浅草の観音様へ賽銭泥棒が入りました。

泥棒先生、四つん這いになったところを、あの大きな仁王様の足で、ガァーって踏まれたから、誠に尾籠《びろう》なお話で恐れ入りますが、余程、切なかったと見えて、泥棒先生、一発やったてぇやつですな。

「んー。この野郎、ふんっ。くせぇ野郎だぁ」

「へっへっへ、匂うかぁ」

志ん朝の花色木綿の枕とされております。泥棒と仁王のやり取りが結構です。本日も、誠に尾籠なお話を恐れ入らずにやらかすことといたします。

出物腫れ物などと申しますが、仁王様の鼻っ先でも出てしまう屁。どこの国でも、誰でも出しますし、出された方は迷惑千万な代物でございます。

もう大方十年近くなりますが、マラウイという国でおなら禁止法なるものが制定されたそうでございます。

八「マラウイのおなら禁止法。あの話を二人でしてからもう何年も経ちました。覚えています？」

隠「いきなり認知症検査ときたな？　受けてみよう。いろいろな国が、同じような法律を作ったなどいい加減な話をしたな」

すっかり歳取ってしまった二人が、思い出話を始めました。所詮屁の噺です。くさい噺です。

八「何しろ屁ですから、時が経ちゃぁ消えていく。隠居の記憶より早そうだ」

隠「そう。風と共に去りぬ。いつまでもお騒がせ動画みたいに関係のない、多くの人様に迷惑をかけることもない。考えてみりゃぁ好いものだ」

八「やりましょうよ。ここいらで一発」

隠「お前さん。急にやろうっても、出るものじゃあないよ」

八「一発じゃあなくて、話、はなし！　だよ」

隠「あぁ、話な。好いけど、前に話したことを覚えているようで、思い出せない。忘れちまっちゃぁいないいんだけどナ」

八「歳はとりたくないもんだ。俺の名前は覚えてるかぃ？」

隠「八っつぁんの名前？　八っつぁんだろう」

八「イヤー。まあいいとするか。ところでその後年月が経ってあの法律はどうなりました」

隠「法律ってぇのはそんなに簡単には変えられない。多くの国で未だに活きているようだ」
八「そいつはありがてぇ。早速やらかしましょう」
隠「そう言われると元気が出て、やらずばなんめいという気になってきた」
八「ほい、ほい。おぉ息んだな。出るか？」
隠「まずはアメリカだな。アメリカファーストでやらないと制裁されちまう」
八「制裁逃れもままならねぇ。十ドルくらいなら出すから、思い出して頂戴」
隠「そうそう、十ドルで思い出した。好いヒントを出すネ。えーっと。一発で十ドルの罰金が気に入らないてーんで、高い金を払って弁護士を雇い無罪を勝ち取った。富裕層は十ドルなんぞは屁みたいなものだ。貧乏人はそうはいかねぇ。十ドルでも大変だ」
八「十ドルてぇと千円に消費税くらいだ。お互い、屁でそれだけは出したくねえってやつで」
隠「そうだ。そこへ貧困商法がつけ込んだナ」
八「その制裁逃れをやり始めた。もしかしてセ取りで？」
隠「セじゃあない」
八「んじゃぁ、ヤだ。ヤ印の筋で？……」
隠「いや、ヤじゃなくてマだ。昔禁酒時代に取った杵柄で屁こき地下をマフィアが設営して、結構もうけているらしい」
八「屁をこくのにマフィアのご厄介ですか？　ヤバくありませんか？」

隠「一発やっても、実弾は飛ばない。死人が出るわけじゃぁないのでネスも気がはいらねえようだ。屁だけに、触りようがない」
八「アンタッチャブルって言いたいんでぇ⁉」
隠「……イエス……」
八「くさい話だ。そろそろ他所《よそ》へ行きましょう」
隠「うふん。次はやはりロシアだな。プーチンの件では人が命を落としたが、今はのどかなものだ」
八「プーチンがいなくなったんで？」
隠「彼は体を鍛えまくって元気だ。だが屁の話ではプーチンに後継者がいた」
八「メドベージェフですかい？」
隠「違う、ちがう。ザギトワだ」
八「スケートの？　あぁ、わかった。プーチンに続いて秋田犬を日本から貰った」
隠「そう。その……犬の名前はなんていったか？」
八「確か、マサル」
隠「雌犬なのにマサルと名付けた。その犬がたいしたものだそうな」
八「何かがマサッているんで？」
隠「そう。鼻」
八「犬の鼻が好いのは当たり前じゃないか」

隠「それが楽しいことに、ザギトワが漏らすとかなり遠くにいても駆けつけ、隣でお座りをする。こないだなんぞは演技中に思わず漏らしたら、氷の上に駆けつけお座りをしてしまった」
八「嘘でしょう。まるで麻薬探知犬だ」
隠「ところがほんの幾日か前からピタッとやらなくなった」
八「どこか具合でも悪くしたんで……？」
隠「アキタ犬だから」
八「アキタ……そんなだじゃれ効果じゃぁなくて、何か強烈なやつを嗅がされ鼻か頭がおかしくなったんじゃぁ？」
隠「そうかもしれん。あの国のこった。ありそうなことだが、洒落にならねぇ」
八「ところで我が国は防音防臭パンツが、廃棄時の処理問題で酷く値上がりして、こちらまで回ってこなくなっちまいましたヨ」
隠「聞いてる、聞いてる。大変だというので、TOTOがヘスレットを開発したヨ。コンビニに設置しはじめているが、24時間営業が怪しくなってきて心配なようだ。こないだも屁を堪えにこらえた客がブレーキとアクセルを間違えて突っ込んじまった。その拍子に一発ぶっ放した。ヘスレットまでがぶっ壊れたために店内に臭いが充満し、営業再開まで一週間かかったということだ」
八「そりゃぁ大変だった。でも、TOTO製品のヘスレットなら、中国人観光客が爆買いしてくれっるんじゃぁ」

隠「どうかな。近頃、爆買いは流行らないらしい」
八「ところで、中国のまがい物のパンツはどうなったんで」
隠「あれは、まがい物に効果があると思って、公安の鼻っ先でやっちまったからしょっ引かれた話だナ」
八「長期拘留ですか？」
隠「いや。すぐ釈放された。鼻だけに鼻罪だ」
八「……？？　ビザイ？……成程。よござんした。その後どうなっています？」
隠「一人として捕まった輩はいない」
八「いい話だ。民度が向上して、みんなルールを守っているんですね。それとも、国の核心様のお名前が臭禁屁って言うんで、おっかないからですかぃ？」
隠「そんな名前は知らんが、誰も気にしないで、痰唾同様にやっているようだよ」
八「へー。公安は忙しくて屁までは手が回らないので」
隠「それもあるかもしれないが、なんせ大声の本場だ。屁の音なんぞ滅多に聞こえないし、わからない。ＰＭ２・５で多少の臭いもばれようがない」
八「屁天国で。……天国と言やぁ、お隣の北朝鮮はどんな様子ですか」
隠「ミサイルだぁ原爆だぁと物騒さが喧伝されていたが、今は落ち着いているようだ。それどころか、屁に関しては世界の最先端を行く国になった」

八「へー⁉」
隠「制裁の影響もあり肥料不足をかこっている。毎年のように堆肥戦闘という運動で糞尿集めのノルマが課されているのは知っているだろ。ノルマが厳しいので、屁にまで手を出した。固体から液体へさらには気体燃料へとエネルギー源を拡大しているんだ。知恵者がいて簡単な集屁設備を考え、堆肥戦闘と合わせ屁を集めエネルギー源として使っている」
八「そんないい設備なら、各国が買ったら好いじゃない？」
隠「そうはいかない。経済制裁であの国から滅多な物を買うわけにいかん」
八「韓国が買いたがっているとかいう噂話を聞きましたけど」
隠「買ってやりたい気はあるのだが、アメリカがいい顔をしない。おまけに、必要性がないから買わない」
八「ほう、じゃぁ、韓国は何か対策があるんですか」
隠「屁を東南方向に向けてやれば、処罰されない。そばにいる人にかがれても、中国から臭ってきたといえば許される」
八「好い国で」
隠「しかし、国連から勧告を受けた。届け出なしでやってはいかんとナ」
八「韓国だからって言いたいんで」
隠「うん。言いたい。南東方向と言えば我が国だ。官房長官は、コリア遺憾って言いたいらしい」

八「あんまり息むと肩がコリアせん?」
隠「お互い、ダジャレのできが悪い。そのくらいにしておこう」
八「そのくらいにしておきますか。あぁ。イギリスを忘れちゃいけませんよ」
隠「忘れたわけじゃあない。イギリスは決議からの離脱を国民投票で決めた。屁ぐらい他国の干渉なしにやらせろって元気がよかったが、未だに出る出ないで揉めている」
八「出そうで出ないはババァの屁!……ところで、メイさんはお幾つで?」
隠「知らん。ババァはいけない。言い方を変えなさい。日本ではこの五月から元号が変わる。それに併せて英国の呼び方も変えるらしい」
八「英国を?……わかった!! ヘーコクだろ!」
隠「……さーてと、わしらへー民の知るところじゃあない」
テケテンテンテン……元号は令和とあらたまるそうで。お後もよろしいようで。

東京オリンピック

リニアーは無理でもオリンピックまでなんとかと　昨日も今日も薬飲み

えー、お笑いを申し上げます。異常気象とやらで、酷く暑い夏でした。十月に入っても真夏日のところもあったとか。台風の方も続けざまに来て、世の中大変でございます。その中で、この度はオリンピックが東京に決まったそうで。

八「こんちは。……御隠居、相変わらずのご様子で」

隠「おぉ、八っつぁんか、マアお上がり」

八「この度はオリンピックが東京にってんで、おめでたい限りで」

隠「まぁな……」

八「おや？　まぁなですかい」

隠「いやいや、結構なことです」

八「どうもお世辞で結構と言っていますね？」

隠「そう聞こえるのは、誠に遺憾でございますナ」
八「まあ、いいや。ところで、つかぬことを伺いますが、御隠居の歳なら前の東京オリンピックを観たんじゃあありませんか?」
隠「実のところ、観ていない」
八「そんなに若ぶってみたって、そうはいかねぇ」
隠「そんなことは言ってないヨ」
八「でも、テレビかなんかでは観たでしょう」
隠「覚えがないんだよ。テレビが家にあったかどうかも覚えがない」
八「じゃあ、今度のオリンピックが初めての経験になるということですね」
隠「おホン」
八「お、なんか一言ありそうな塩梅ですね」
隠「ウン。東京オリンピックの記憶はないが、それより古い記憶がある」
八「おや?　いったい何でス」
隠「ヘルシンキ。ヘルシンキだよ」
八「ヘルシンキ?」
隠「ヘルシンキオリンピックをラジオで聴いた」
八「ラジオで?」

隠「ウン。日本の皆さん、……こちらはヘルシンキです……」
八「何です、その大きくなったり小さくなったりの息継ぎみたいなのは？」
隠「この言葉の間に、ザザーザザーザザーザザーザザーザザー」
八「波音みたいですね」
隠「そう、いい勘だ。わしも当時、波の音だと思っていた」
八「………」
隠「ヘルシンキからの中継放送だよ。ラジオだよ。今みたいに衛星中継じゃあない。なんでも短波とかを使って、ヘルシンキから送ってきたらしい」
八「海外中継の走りですか」
隠「そうかもしれん。海外中継だから波の音が聞こえると思っていた」
八「明治時代のことですか」
隠「馬鹿なことをお言いでない。戦後しばらくしてのことだ。フジヤマのトビウオが疲れはてた時分のことだヨ」
八「へーぇ？　なんのことだか。ところでご隠居、オリンピックを持ってくるてぇのは、酷く厄介なようですネ」
隠「そこさ、ＩＯＣ様にヘイコラ、ヘイコラってぇやつだ」
八「この度は日本のプレゼントが良かったてぇじゃあないですか。何をプレゼントしたんですか」

隠「ウン？　プレゼント？……あぁ何かプレゼントをしたかもしれないが、表立ってはいけないことになっている」
八「表立ってはいけねえんで？　堂々としていて、それが良かったたってんじゃぁ？」
隠「それを言うなら、プレゼントじゃあなくてプレゼンテーションだナ」
八「どう違うんで？」
隠「わしもよくわからんが、袖の下と袖を引くくらいの差はあるようだ」
八「袖の下？　余計にわからねぇ」
隠「まあぁいい。東京の素晴らしさを紹介したんだナ」
八「素晴らしいご紹介ってやつをクリトリ…さんがやってましたネ」
隠「クリトリ……さん？」
八「そう。クリトリ……さんをプレゼントした」
隠「ウン？　あぁ、お前さんが言いたいのは、あの別嬪《べっぴん》さんのことだナ」
八「さいで。クリトリ……」
隠「少し名前が違うように思うが、そりゃあ、わしだって、あの別嬪さんがおもてなしをしてくれりゃあ、一票お入れしたくなる」
八「え、クリトリ…のおもてなしをプレゼントですか。いいなぁ。スケベー」
隠「ハハハ……へへ……」

八「でも、あの別嬪さんは外人さんでしょ。だから英語でしゃべってた」
隠「よく知らんが、日本人だよ。それと話していたのはフランス語だそうだ」
八「フランス語？　ホー、聞いてた人は皆、フランス語がわかるんだ」
隠「知らん。ただ、総理大臣や都知事は英語でしゃべっていたナ」
八「皆さん英語で？　ご隠居は英語がわかるんだ？」
隠「わしがわかるような下手な英語じゃあなかった。皆さん流暢なもんだ」
八「じゃあＩＯＣの委員様は皆ご隠居より英語とフランス語がわかるんだ？」
隠「そりゃあ間違いない」
八「凄いなあ。これぞエリートの世界ってぇやつで」
隠「そう。世界のエリートだ。総理大臣ですら、へりくだって日本語でなく、英語でご説明申し上げていた」
八「一体、全体どういう方々で？　なんか選挙で選ばれるんで？」
隠「知らん。わからん」
八「どうやって選ばれるのかわからない？　どこかの国がそうだって言ってましたね」
隠「ん？　あぁ、お隣、お隣。大きい国と小さい国のエライ人たちはＩＯＣ委員並みってえことだナ」
八「わからないから余計に偉く見えるんだ」

隠「まぁな。なんでも貴族の方が結構いて、それもヨーロッパの方々が多いそうだ。まぁ、その方たちの金儲けの一つって感じもする」
八「エライ方々がおやりになるから、万事うまくいくんですね？」
隠「金儲けの方はとにかくとして、今度のソチやリオでは準備が間に合わないってぇ噂もある」
八「そう言やあ、プーチンさんがプチンと切れた。間に合わなかったらシベリアがあるゾ、みたいな顔をしてテレビで睨んでいました」
隠「そう、ソウ」
八「デモ、東京はまだ時間があるし、金もあるそうだから大丈夫ですよネ」
隠「国立競技場にかかる金が高すぎるってんで、手を加えるらしい」
八「金のことなら一番得意じゃぁないですか」
隠「そうだと好いがナ。東南海沖地震でだめになるとか、アベノミクスの失敗でグチャグチャになるってエ噂もある」
八「はハー。ご隠居。オリンピックはうまくいかないと思っているんですね」
隠「そんなことはない。きちんと成功するにきまっている」
八「本当ですか」
隠「本当だとも。オリンピックには成果がつきものだ」
八「……？」

隠「セイカだよ。聖火！」
八「ヤロー!!　それが言いたくてここまで引っ張ったな！」
隠「いやいや。そうあってほしいと思って言ったんだ」
八「へそ曲がりなくせに、しおらしい」
隠「なんとか、オリンピックまでは頑張るよ」
八「オリンピックまで？　憎まれっ子世にはばかる……と言うじゃありませんか。オリンピックまでと言わずにリニアーまで生きますよ」
隠「そりゃあ無理だ」
八「どうして？」
隠「オリンピックで終わりだ。五輪終だ。ゴリンジュウだ」
お後がよろしいようで。テケテンテンテン……。

北京オリンピック

毛沢東

　北京オリンピック開催にあたり、中国は何人かの大先輩を冥界より招待した。一番偉い毛を胡錦濤が案内した。まずは懐かしがるであろう天安門広場につれていった。ちょうどその時、一台のロールスロイスが通っていった。

毛「ほう、ロールスルイスか。要人とはいえ、あまり派手にするのはどうかな」

胡「いいえ、今のは要人ではございません」

毛「おお、外国の方か」

胡「いいえ、普通の人民でございます」

毛「なんと、一般人民があのような車に乗れるほど豊かになったのか」

胡「その通りでございます」

　その時、わき道の方からみすぼらしい姿の男が自転車に乗ってきた。慌てて胡は毛の視線をそらそうとしたが、毛は目ざとくそれを見つけた。

毛「何だ。あの男は。その昔、麦の穂の上に子供が乗れるほど実ったトリック写真を見せられたことがあった。ロールスロイスはそれか。今のあの男が本当の人民の姿ではないのか」
胡「とんでもございません。妙な者をお見せしてしまいました。何か訳のわからないことを唱えている偏狭な数少ないもウ……主義者でございます」
毛「……モウ?……何といった?」
胡「……いや、その。……別に……ハイ」

見せたくもない男を見せたことを反省した胡錦濤は、一般人民がいかに豊かな生活をしているかを見せようと、繁華街へ毛を連れ出した。そこには着飾った老若男女が行きかい、楽しげに語らっていた。百貨店、スーパー、世界の繁華街の代表的シーンが揃っていた。驚き圧倒された毛が一軒の店を見つけた。
毛「おい、あれはマクドナルドではないか」
胡「左様でございます。なにか」
毛「大丈夫かこの国は。まさか、アメリカに占領されているのじゃあなかろうな」
胡「アメリカとは、ばっちり溜め込んだドルを使ったりして、脅したりおだてたり、上手くやっております」
毛「ふーっむ。どうもおかしい。おい、胡よ。お前本当に共産党員か」

胡「紛れもない共産党員です。どうぞこの党員証をお確かめください」
毛「ふ〜む」
胡「お疑いですか。党中央が作ったものです。偽物であろうはずがございませ」
毛「ふ〜む。その中央がどうも気になる」

毛と胡の二人はしばらくしてマラソンコースに出た。急に毛が咳き込み倒れた。
毛「なんか変だ。さっきから息苦しくなって、胸がぜいぜい言う」
胡「申し訳ございません。経済発展のため、いささか空気が汚れてしまいました。オリンピックのために綺麗にしたのですが」
胡が毛を助け起こしている横を男が駆け抜けた。
胡「おや、周恩来先生ではありませんか。マラソン選手でも危ないと言われております。このような空気の中で走って倒れられても困ります」
周「大丈夫、滅多なことで倒れたりはしない。毛は倒れた振りをして俺を止めようとしているだけだ。陰謀だ。ほっといてくれ。私は不倒翁《ふとうおう》だ」
二人はしばらくしてマラソンコースに出た。汚染された空気を吸い込み、毛が咳き込み倒れた。そこを周恩来が駆け抜けた。続いて小男が嬉しそうに走ってきた。

胡「今度は鄧小平先生だ。空気も汚れております。お気をつけください」
鄧「何を言うか。ここを走らずしてなんとする。俺は誰にも負けない走資派《そうしは》だ」
　毛のために救急車を手配したところへ、喉仏の大きな男がかけてきた。
胡「あ、蔣介石総統閣下だ」
蔣「おぉ胡か、元気そうだな。なかなか快適だったよ」
胡「それは結構でございました」
毛「何だ、蔣じゃあないか。一体どうしたのだ」
蔣「おぉ、毛か。ひどく咳き込んで苦しそうだな。大丈夫か。俺はオリンピックをやるので見に来てくれと胡に招かれてね」
毛「どうしてお前が招かれたのだ」
蔣「俺の国だよ、ここは。お前は未だこの国の支配者だったことを忘れられないのだな。あれは江青たちが追放されて終わったんだ。江青から聞いていないのか」
毛「それは一体どういうことだ。それと、台湾に逃げた蔣がここに……」
　毛は胡に尋ねた。胡が何か言おうとしたとき、救急車が到着した。救急隊員が毛を救急車に収容し走り出した。
救「応急手当をいたしました。具合はいかがですか」

毛「謝々。かなり楽になってきた」
救「よかったですね。病院に着く前にカルテを作ります。まずお名前を仰ってください」
毛「……。俺を知らないのか？」
救「どこかでお見掛けしたような気はします。緊急の場合です。思い出すのに時間がかかりますから、お願いいたします。お名前は？」

子ノタマワク

越中富山は毒消し元祖　唐との交易由来にて

えぇー、昔から論語読みの論語知らずということを申します。中には、論語読まずの論語知らずなどという方もいて、世間を憚っております。私なんぞはその最たるもので、誠に、その、あの……。今は町内で論語なぞ持ちだすと、鼻白まれることになりかねませんが、昔は長屋などでも論語の話が結構なされたようです。

八「ちわ！　おぉ相変わらず暇そうじゃぁござんせんか」
隠「おぉ、八っつぁんか、マアお上がり」
八「昨日、寄席へ行きました」
隠「おぉ、結構なことだな、一人でかい」
八「へい、〝厩火事《うまや》〟てぇ噺がありまして、孔子さまが出てまいりやした。時々ご隠居が、孔子さまがノタウチ回ったとか言っていたので、今日はご高説を聞こうということで……」
隠「ノタウチ回ったじゃあなく、ノタマワクだ。〝厩火事〟といえば、八っつぁんの……八っつぁんと言ってもお前じゃあない……ややこしいな。その髪結いの女房がモロコシだの麹町のサルだの言うあれだな」
八「そう、そぉでした。モロコシには偉い人がいて、この国にはサルがいる。そのサルが実に情けない」
隠「厩が火事になって大事にしていた馬が焼け死んだ。だが孔子さまは馬のことは一言も言わず、弟子たちの様子だけをお尋ねになった。サルは茶碗が割れなかったかを心配し、奥方が怪我をしないかなぞ思いもしなかった」
八「その通り。なかなか、よく勉強したナ」
隠「おほめ頂いてありがとう。馬の話は孔子さまの話されたことをまとめた〝論語〟に載っておる」
八「大層詳しそうな様子だが、孔子さまとはお知り合いかなんかで?」
隠「カラカッチャアいけない。でもな、まんざら縁がないわけではない、わしが通った学校は時習館といって、〝論語〟からとった名前がついている」
八「何ですか?　あぁ、そこの同級生で?」
隠「二千五百年ばかりも昔の人だ。わしはそんなに年寄りじゃあない。〝学而時習之〟……学んで時にこれを習ろう……としている」

八「時には勉強くらいはしろと、うるさい学校で」
隠「……まぁいいや。それから社会人になった時に入った寮が里仁寮と言ったナ。これも〝論語〟からとっている」
八「とっている！　早ぇ話がパクッたナ」
隠「パクッたと言われると返答に困るなぁ。まぁ、ゆっくり話してもパクッたと言われりゃあ、そうだヨ」
八「大いに反省してもらいたい。今あの大国のやっているパクリをとやかく言えた義理じゃあねぇや。こちらの方がパクリにかけちゃぁ先進国だ。オホン！」
隠「ご尤もで。恐れ入りました。八公様」
八「素直に歴史認識をきちんとすれば、噺の続きを聞いても好いゾ」
隠「いやはや。歴史認識ねぇ。歴史認識と言えば、〝厩火事〟の載っている郷党篇に最近の出来事を孔子さまが予測したようなことが書いてある」
八「へーぇ、やっぱり偉い人なんだ。二千年も後のことをお見通しだったんだ」
隠「そう。孔子さまはスエて味の変わったのや、魚のくずれたのや、肉の腐ったのは、決して口にされない。色のわるいもの、匂いのわるいものも口にされない。煮加減のよくないものも口にされない」
八「随分ゴチャゴチャと言ってますが、早ぇ話が、古くて腐りかけた物とか落っことした物は食わないってことですか」
隠「そう。それと、季節はずれのものは口にされない。主君のお祭りに奉仕して、戴いた供物の肉は宵越しにならないうちに人にわけられる。家の祭の肉は三日以内に処分し、三日を過ぎると口にされない」
八「さすがは大国。そんな昔から賞味期限の考えがあったんだ」
隠「そう、ちゃんと弟子たちに食品の衛生管理について説いているのだ」
八「ご隠居。少しおかしくありませんか」
隠「何が?」
八「孔子さまはそういったものは食わなかったって言っているだけでしょう」
隠「うん?」
八「食うなとか、きちんとしろとか言っているわけじゃぁないでしょう」
隠「孔子さまは自分が実践して、弟子にお示しになることもある」
八「わかった。福喜食品ってのが何千年も前にあったということだ!」
隠「福喜食品? 何だ?……あ、あれか」
八「そう。あれ。腐った肉やら……他にも毒入りのクイモノ」
隠「ウゥン。そう言われりゃぁ、お前さんの言う通りかもしれんな」
八「そういうことは、さすが歴史大国。福喜食品は老舗中の老舗なんだ。これぞ悠久の大国というやつで」
隠「そうよなぁ。八っつぁんは鋭いな」
八「うっふん！　まんざらでもねぇってことよ」
隠「お！　そっくりかえったな」
八「おかしな会社があっただけじゃあない。偉い、エライお方の前に堂々と腐ったものが出されて、腐っているのに気づいた孔子さまは食わなかった」
隠「食わなかった」
八「他の連中は食っちまったのか？」
隠「死ぬことはないと思っていたのかもしれない」
八「孔子さまってえのは、聖人君子とされているんでしょう？　おかしいヨ。弟子たちが食べて腹痛起こすのは気にもしなかったんだ。自分だけ食わないってのは気に入らねぇ。食品衛生法なんぞはなかったんで？　その食事を準備した奴らを懲らしめなくてはいけない」
隠「八っつぁん！　そうはいかない」
八「何で？」
隠「孔子さまはこう言われている。〝秩序を維持するのに法律一点張りでは、道徳観が地に落ち、法律に触れさえしなければ何をしても好いと、民はそれから逃れる方法を編み出す〟と」
八「脱法ドラッグの元祖か？」

隠「うまいことを言う」
八「いえいえ、これしきのこと」
隠「〝徳と礼を持ってすればそうはならない〟とナ」
八「トクとレイですか。損得を考え、うまくやるためにはお上にお礼をする。賄賂の元祖ですネ」
隠「困ったな。賄賂なんぞは悪いことで、孔子さまがお勧めになるわけがなかろうが」
八「お勧めにならなくても、損得勘定と賄賂は常識のようですよ。虎と蠅、おまけにテロが一杯だそうで。お上は、ここ一番、そいつらを叩き潰すなどとキツイことやってますヨ。孔子さまの教えはどうなっちゃいました?」
隠「うぅぅうん」
八「ウイグルもチベットも秩序を維持するためにコテンパンに刑罰を科されています。現代中国の偉い人は論語を学んでいないんで?」
隠「うぅぅうん。そう熱くなりなさんな。八っつぁん少し時間をやろうよ」
八「時間が立てば論語を勉強するの?」
隠「そう、今の国家主席は習近平だ」
八「それがどうした?」
隠「よく見てみろ。近々習う平にご容赦と書くではないか」
八「……く、苦しいぃぃぃぃぃ……」

毒を盛らなくても、傷めつけられるようで。テケテンテン……お後がよろしくなりますように。

一席噺

竹取物語

なよ竹の節ほどのこともなく世を過ぎて迎え待つ身の春まだ寒し

えぇー、世の中、揉め事の種は尽きないようで。それでも、揉め事が少ないと困る商売の方もいるようで。どのくらいの揉め事があればよろしいのかとも思います。

「……大きな事件や事故が無いのは……、新聞作りにはなかなかの大敵です。……そんなピンチを救ってくれたのが……」とし「……二十年前の惨事……テロ……」という書き方で「『地下鉄サリン事件』を特集することでピンチを救われた」と中日新聞の編集日誌にありました。大層正直な方で、事件の少ない日に「地下鉄サリン事件」で救われるという、小噺に近い発想をされているようです。私なんぞはもっとコマク、セコイことで間に合わせております。少しばかり長めの小噺にお付き合いのほどをお願いいたします。

八「ちわ！　おぉ相変わらず暇そうじゃぁござんせんか」

隠「おぉ、八っつぁんか、マアお上がり」
八「近頃評判になっているかぐや姫。ご存知ですか？」
隠「かぐや姫⁈　あぁ知っているとも」
八「さすがご隠居、ご存知で」
隠「昔は結構ヒット曲を出しておった。また復活したというわけか」
八「ヒット曲？　復活？　そりゃぁ、復活と言えば復活ですが、ヒット曲とは何です？」
隠「ヒット曲はヒット曲だよ。神田川なんぞが有名だ」
八「？……。あ、違う、チガウ。家具屋のお姫様でかぐや姫！」
隠「家具屋のお姫様？」
八「そう、ソウ。あの家具屋さんの揉め事。親子喧嘩」
隠「あぁ、あれか。知っているよ。娘の方が勝ったそうだぞ。……オホン」
八「お！　オホンときたね。何か言いたいんで？」
隠「かぐや姫とくりゃあ、親子の揉め事の元祖だ。親子の揉め事でかぐや姫が絡むのは、八っつぁんにしちゃぁ、好い思い付きだ」
八「好い思い付き？」
隠「オホン！　そもそもかぐや姫というのは竹取物語に出てくる昔話だ」
八「そのくらいのことは知ってますヨ。何か親子で揉めていましたっけ」

隠「オホン。今は昔……」

八「来たね」

隠「竹取の翁という爺さんがいたナ。竹をとって加工をし、家具として売っていた。家具屋だ。その爺さんが竹の中から見つけて、なよたけのかぐや姫と名付けた」

八「ハハぁん。家具屋仕掛けで来たな」

隠「それからてぇもの、竹の中から黄金が見つかったりしたナ」

八「失せ物が持ち主に戻るってぇのが、我が国の古来の美徳。その爺ちゃん、自分のものにしちまったんじゃぁ、拾得物横領になりませんか」

隠「フーム。まぁ硬いことは抜きにして……」

八「もしかして、かぐや姫が持参した養育費かなんかじゃぁないんですか?」

隠「そう。そうかもしれん。……いやいや違う。これはかぐや姫の知恵で儲けたことを言っておるんじゃ」

八「ズルイナぁ。俺が好いことを思いつくと、後出しでそれらしいことを言う」

隠「爺さんは、竹取の翁だ。裏の藪からとった竹で籠程度のものを売って細々と暮らしておった」

八「細々と……。貧乏だったんだ。金が欲しかったんだ」

隠「かぐや姫を我が子と思い、慈しんで育てた。長じたかぐや姫が貧乏を見かねて、助言をしたな」

八「助言を?」

隠「かぐや姫は月から追放されて地球へ来た。月は先進的な星だ」
八「そりゃそうでしょう。地球まで迎えの宇宙船を出せるほどの技術力を持っていたそうじゃぁありませんか」
隠「そこで、かぐや姫は竹籠のような一般的日用雑貨でなく、茶杓や花活けなどを作り、上層階級に限定販売する事を提案したのだ。茶が渡来して貴人たちが茶道具を欲しがった。爺さんの作品は引く手あまたになり、結構な値段で売れたナ」
八「ははん、それが会員制高級志向路線の始めだな。娘の方がそれに反対したんじゃあ？」
隠「それは、今は今。この話は、今は昔じゃて」
八「まぁいいや。それで爺さんは金持ちになった」
隠「そう。上層階級とのつながりもでき、かぐや姫に懸想する奴が出てきた」
八「じゃぁ、揉め事の一つもなくめでてぇ話じゃぁござんせんか。話が違いますヨ」
隠「金ができ、姫に懸想する貴人が沢山出てきた頃から、揉め事が始まった」
八「めでてぇ、好い話じゃあないんですか」
隠「そう。うまく事が運べば、爺さんには上つ方と親戚になれ、地位も金も望み次第」
八「成程」
隠「ところが、姫には事情があって、そんな話は受けるわけにはいかない。嫁にいけの、厭のと揉め始めた」

八「嫁にいけなんぞは、今ならセクハラだ。揉めてもしょうがない」
隠「八っつぁん。今じゃぁ、親が子に嫁に行けと言うのもそうなるのかい」
八「知らねぇ」
隠「爺さんは、なんとかしようてんで、姫を懸命になだめすかしてみた」
八「脅しはしなかった？」
隠「脅すとどうなる」
八「パワハラだ」
隠「かぐや姫も一方的な主張を繰り返せなくなって、条件交渉をしたな」
八「偉い。力に頼らず、話し合いで事を進める」
隠「しかしその条件というのが、いわゆる無理難題というやつだ。纏める気のない場合にもちだして相手を困らせる手管だ」
八「今でも盛んに使われています」
隠「世の中にありもしないものを持ってきたら、嫁になる。言われた相手は、そんなものは手に入れようがないから、捏造した」
八「捏造でうまくいったのですか？」
隠「それらしいものを持ってはいったのだが、姫の鑑定眼は鋭く、ことごとく見破られた」
八「三千円！　偽物です！　本物は……。いけませんのイケマセン」

隠「それじゃあなんでも鑑定団だな」
八「全滅しちまったんで？」
隠「危うく姫が騙されそうになったのが一つあった」
八「偽物を上手に作る悪い輩がいたんだ。何ですか？」
隠「庫持《くらもち》の皇子というのが、蓬萊山にある銀の根、金の茎、真珠の実で出来た木の枝なる物を持ち帰った」
八「原料と概要がわかっているのだから、造れそうですね」
隠「その通り！　皇子は一流の職人を集めて造らせたのだ。最高級品質の代物だ。世界に誇る日本の職人技だ」
八「それでもバレそうな気がするナ」
隠「バレタ、バレタ。職人たちが手間賃をよこせと請求書を持って来たんだ」
八「製作費や、お給料の類を払ってなかったの？　ブラック企業のさきがけだ。内部告発てぇやつだ」
隠「お蔭で姫は助かったョ」
八「ようござんした」
隠「その後、翁が帝にまで手を広げたので、お父ちゃんいい加減にしときゃぁ！　てんで、怒った姫は帰国手続きをとった」

八「もうしばらく滞在延長をって、申し出たと聞きましたが」
隠「そりゃぁ恰好をつけただけだ。ほとほと爺さんのやり口に嫌気がさして、形を整えて帰り支度をしたんだ」
八「はぁ、成程。ところで姫は何で地球に来たんで？」
隠「不始末を仕出かした罰とされている」
八「罰で地球へ？」
隠「彼らからすると地球の世界は汚くよごれた所なのだ」
八「わが国はゴミ箱がなくても町にゴミがない、綺麗な所とされてます」
隠「地上には所構わずゴミを捨て、子供にウンコまでさせる所もある」
八「ＰＭナントかで向こうが見えないってやつですか？」
隠「ウン」
八「ウンとは駄洒落っ気は相変わらずだ」
隠「汚いところというのは、ウンだけじゃあない。爺さんの金と地位への執着やそのためには娘の気持ちなんぞ考えもしない品性だ」
八「そうだ、ソウダ。貴人だって嘘はつくわ、紛い物は作らせるわ」
隠「そう。汚いのはゴミだけじゃあない。民度が低いってやつだ」
八「月の人はそれを承知で、姫をよこしたんで」

隠「世の中綺麗事ばかりじゃあない。親子の諍いまで経験させた」
八「なんてぇ暗い昔話だ。今は昔か？　姫は怒って月に帰ってしまった。それで、爺さんはどうなったの？」
隠「八っつぁん。爺さんは姫の父親だ。哀しくて、悲しくて、大いに反省したが、暫くして家具屋はつぶれた。トウサンの憂き目にあった」
八「フヌ⁉　そうか、洒落たナ。俺にも言わせておくんなさい。月だけに、丸く納まってばかりはいられネエ」
ハイ。いいえ、いいえ。倒産は、今は今のお話ではございません。今は昔のお話でございます。お後がよろしいようで。テケテンテンテン……。

米朝噺

風の吹きよとお日様次第　着たり脱いだり失調症

地球温暖化などと申しますが、今年は早くから暖かくなったと思っていましたら、急に冷えたりして困ったものです。一度片付けたコタツを出したのはいいのですが、仕舞うに仕舞えずこたつの脇で隠居が居眠りをしておりました。

八「こんちわ！」
隠「……」
八「こんちわ！　こたつの外で居眠りですかい」
隠「……おぉ、八っつぁんかい。まぁ、こたつに入んな……」
八「すっかり暖かいのに、こたつはないでしょう。お目覚めで？」
隠「そうだな。このところ暖かいやら寒いやら、訳がわからんよ！」
八「わからないと言やあ、こないだまで核だのミサイルだのと騒いでいたお隣が、すっかり仲良くなって結構ですね。米朝の会談が行われるとかで」
隠「うん」
八「太陽の所為だとか？」
隠「太陽政策のことかい？……」
八「そう！　マントの脱がせっこで、北風が吹くとマントの襟を縮め、太陽が照らすと暖かくなって脱ぐという西洋のお話どおりだということで、……」
隠「世の中暖かいに越したことはない」
八「手のひらだけじゃあなくて、心に太陽を！……」
隠「偉い！　さすが、八っつぁん……」
八「へへへへ……。太陽政策のおかげで平和に……」
隠「……褒めといてすまんけど、北風と太陽の話には続きがあるってぇことを知っているかい？」
八「続き？」
隠「そう。負けた北風が悔しい！　てんで、再試合を申し込んだ」
八「再試合？」
隠「そう。マントで負けたが、帽子なら負けないぞ、ってんで」
八「それで、どうなった？」
隠「今度は太陽が先攻で、旅人を照らし続けた。旅人は眩しさと熱中症対策で帽子をとろうなんぞは思いもしなかった」
八「後攻は北風だ！　大体がこの手の試合は後攻が有利だ」
隠「そう。八っつぁんもすっかり知恵がついたな」
八「へへ、それほどでも」
隠「マントと違い帽子にはボタンもないし、鍔があって風当たりが強い」
八「帽子はどこかへ吹っ飛んだ！　ボウシ対策がなってない。それとも帽子だけにシャッポを脱いだか」
隠「座布団一枚！　お話、お話。それも西洋の古いイソップのお話。北風、太陽、どっちが正しいなんてことはないという説話だよ」
八「するってぇと、またぞろヤバッチクなるっていうんで？」
隠「どうかなぁ？　なんせあの国は北だし元祖のイルソンさんは人民の太陽と崇められている。北風も太陽もあるから、どちらが勝っても自分の勝ちだ」
八「トランプさんには勝ち目なしですか？」
隠「自分は強いと思い込んでるから、そうはいかない」
八「ドンパチですか？」
隠「どうかなぁ。北風と太陽の話にはまだ続きがある」
八「へぇ。続きですか？」

隠「そう。隠蔽、紛失、ねつ造、忖度に損得。何でもありだ」
八「何ですか、それ？　やけくそですか」
隠「うんにゃ。くそなんかじゃあない。しょんべんだ」
八「しょんべん？」
隠「そう。八っつぁん、これは米朝の話だ」
八「南北、六カ国などと言いますが、米朝で？」
隠「そう。北風に帽子を吹っ飛ばされた太陽は再々戦を申し入れた」
八「風の話で？」
隠「だから、続きがあると言っただろう」
八「……へえ……」
隠「マントと帽子で一勝一敗。今度はパンツで行こう」
八「パンツ？　そりゃあずるいよ。裸にならなきゃパンツは脱げない。太陽が勝つに決まってる」
隠「そりゃあ太陽は考えたさ。謀略という奴だな」
八「北風は断ったでしょう」
隠「ううん。受けて立った」
八「無謀だ。ははぁん。帽子は吹っ飛ばされているからムボウなことを」
隠「そう。ムボウ息災といって、病気や怪我の心配がない」

八「それで勝負の方は？」
隠「太陽が照りつけると旅人は外套どころか、着ていたものを脱ぎ始め、パンツ一丁の姿になったナ」
八「そらみろ、太陽の勝ちだ」
隠「なんで？　パンツ一丁になったが、脱いだわけじゃあない」
八「恥ずかしがり屋なんだ」
隠「それなりの節度を持っているんだよ」
八「それにしちゃあ、お互い酷い言葉で罵り合っているヨ」
隠「今度は北風の番だ。旅人は驚き慌てて持っているものを着こんだ」
八「パンツは無事だナ」
隠「気温変動に旅人はすっかりおかしくなってしまった」
八「弱っちまったんだ」
隠「自律神経失調症になっちまったのか、寒さで震え上がったのか、気分悪そうにモソモソし始めた」
八「……？……？」
隠「お漏らしした」
八「漏らした？　それで、パンツを履き替えるために脱いだっていうんで？」

隠「お見事！　八っつぁん」
八「それで北風の勝ちだってことですかい？　ひでえ話だ」
隠「まあな。でも、その後パンツを日に干していたから、太陽の勝ちかな？」
八「どちらにしてもウソっぽい」
隠「すまん、すまん。ウソじゃあない、クソだ」
八「パンツがらみで、今度はクソなの？　さっきやけくそかと聞いたら、しょんべんだって言ったじゃあないか」
隠「米朝会談をするにあたり、金がないので誰か出してくれって言ってるらしい」
八「悪い冗談だ。いくら貧乏していても、そんなことよく言えたもので」
隠「昔、ザレ歌があった。台詞を覚えている」
八「昔？」
隠「ソウ……。カネがないので……手で拭いて……」
八「ウン？　カミがないので手で拭いて……じゃあ？　ミッチャンミチミチ……で」
隠「……もったいないので嘗めちゃった」
八「嘗めちゃった！　少し世間、うんにゃ世界を嘗めていませんか。馬鹿馬鹿しい。話はそれでおしまいで？」
隠「うんにゃ、まだ話は続くよ」

八「どういう具合に？　終わりなき世のめでたさだ。聞こうじゃぁないか」
隠「米朝のことだ。なくなった米朝」
八「うん？　やるって言ってるんじゃあ。なくなってなんかいませんよ。それでミチミチウンコ……やるんでしょう？」
隠「やる？　何を？　米朝と言えば、わしにすれば桂米朝だよ。米朝の十八番《オハコ》はハテなの茶碗だ」
八「うん？　隠居の言う米朝は、亡くなったあの方で？」
隠「……まあな。通称茶金という目利きが安茶碗をしげしげと見ていたナ」
八「ハテなの茶碗！　知ってます！　その茶碗に値がついたが、安物の欠け茶碗とばれた。でも、話が面白いってんで殿様が箱書きをして、更に値がついた」
隠「よく知っているじゃぁないか」
八「それで？」
隠「こちらの米朝も、茶碗から水漏れするんじゃぁってんで、見守っている」
八「その通り」
隠「そこで、東洋平和のためならばと、我が国が名品と箱書きをすることとなった」
八「うん？　何ですって？　箱書きを⁉　ウソだろう」
隠「ソウ……。ウソ」
八「ウソなの？　一体どっちなんで？」

隠「なんせ我が国は蚊帳の外だから、わしにも一向にわからんのじゃ」
……お後がよろしくなりますように。テケテンテンテンテン……。

豚コレラ

トントン豚コロリと隣組、あれこれ面倒殺処分
詰め込められたり埋めたり

　私、生まれも育ちも美濃の山奥です。姓はトンコ、名はレラ。人呼んで豚コレラと発します。

　人様には豚コレラなどという名前で呼ばれていますが、私たちは美濃の山奥で暮らしていました。

　暮らしていたのは美濃に住む猪の体の中でございます。猪と私たちは、それぞれに分をわきまえて仲良く共生していました。少し面はゆい点はございます。仲良く共生というのは私どもの一方的な思い込みで、猪にしてみれば何のことやら、まぁ何にも感じていないことかもしれません。猪にはあまり恩恵はなかったと思います。彼らは、元気に山の中を駆け巡り、地の中、木下の食べ物をとり、それなりに平和に暮らしていたのでございます。

　人間は私たちのような形態のものを常在ウィルスと呼んでいるようです。平和に共生していると言いましたが、常在菌、常在ウィルスの生態は守っています。猪が歳取ってきて弱ると、私たちは活動

240

を始めます。誤解されるのは嫌ですから、あえて申し上げておきます。私たちが活動を始めるのは、決して弱いもの虐めのためではありません。弱った猪に元気を戻してもらおうという応援のためなのです。ただ、この手の活動には、跳ね上がり者がいくらかいるのはつきものです。仲間の気持ちを考えもしないで、いい気になってここぞとばかりに暴れ回る輩がいるのは本当に困ります。そいつらによっていわゆる豚コレラという病を発症してしまいます。このことで重症化した猪は死んでしまいます。ある意味では、自然界での高齢者対策でもあります。

昔は猟師が鉄砲を持って猪を撃ちに山に分け入ってきました。時にはトンコ・レラを発症して死んでいるやつを見つけたかもしれません。新しいやつは担いで持って帰ったでしょう。私たちは人間の体内では、なぜかしら元気が出ません。ですからその猪を食べたからってどうってことはありませんでした。相性が悪いのです。

どのくらい前だったでしょうか、山が荒れ木の実はならず、雨も少なかったのか、ミミズなども少なくなって彼ら猪の生活は厳しいものになってしまいました。もちろん私たちトンコは猪におんぶに抱っこのご身分ですから、けっこう長い間異常に気づかなかったのでございます。猪たちは餌を探して山を下りてみました。なんとそこには、いろいろな食べ物が一面にあるではありませんか。次第に多くの猪たちが下りてくるようになりました。そこは人間の住む領域です。人間はそこを里とか里山とか呼んでいました。猪が里山にやってきて暫くすると、人間は柵を作り、鉄砲や爆竹で脅かし始めました。猪にとっては、それは怖いものでした。

ところが、かなり時が経っていたと思いますが、人間が滅多に来なくなりました。訳がわかりません。作物は申し訳程度に植えられていて、周囲に張られた柵に触れると痺れがはしるような仕掛けがあるところもあり、猪はびびりました。ストレスがたまり、疲労がたまりました。猪が疲れてくると、私たちは困ります。元気になっておくれ！　みんなで応援をしました。応援が足りない。数を増やしました。数が増えすぎて、猪が参ってしまうようなことも起きました。帯状疱疹などという人間の病気も、ご本人が疲れると救っていたウィルスが応援合戦を繰り広げ、やり過ぎで痛みが出るというではありませんか。私たちトンコ・レラの場合も同じような関係なのでしょう。すみません。知りもしないこと、いい加減な物言いをして。そんなこともあって、歳取った猪だけでなく、若い威勢のいい猪も発症して死んでしまうようなことが起きました。

いつの頃からか、美濃の里で人間が豚を飼うようになりました。以前は間違って里に猪が下りても、豚なんぞはいませんでした。その豚小屋のすぐ脇でくたばったのもでました。餌を求めて歩き回っているうちに、豚の餌を失敬したり、ついでに製品を置いてくるやつもいました。

そんなこともあって私たちは豚の体に入ることに成功してしまいました。新天地を得たつもりでした。栄養満点の豚がゴロゴロいるではありませんか。ところが、道を踏み外してしまったようです。元気のいい、栄養満点の豚。実際、豚の中に入ってみると住み心地は満点でした。新居です。皆が皆、元気溌剌、はしゃぎ回りました。これがいけなかったのかもしれません。ようやく落ち着いたと思った途端に、豚が次々と死んでしまったのです。私たちも少しばかりはしゃぎすぎたのは否めません。

一席嚙

それにしても、若いくせになんと豚の意気地のないことでしょう。何でも、抗体とかいう物を持っていないため、私たちが少しはしゃいだだけで、くたばってしまうのだそうです。

ワクチンというものがあるそうです。人間はこれを猪に食べさせて、豚コレラの広がりを抑えるんだそうです。何匹の猪が食べるんでしょうか。私たちとしてはなんとか頑張って、すり抜けてほしいと思っています。

罹患して困るのは豚のはずです。養豚を生業にしている人間も大層困っていると聞きます。豚にワクチンを！　猪は我が故里です。ここを住めないようにされると、私たちは絶滅危惧種になります。

ワクチンを猪に、とはどういうことなんでしょうか。ワクチンを食べると、私たちは猪に住めなくなるのでしょうか。それとも、猪も私たちトンコ・レラも生き延びられWin―Winの関係が築きあげられるのでしょうか。そうあってほしいものです。

人間は「豚」とか「豚野郎」と言うときは、相手を見下しているとのことです。猪の方は「猪武者」などと使われるそうですが、前掛かりの強さは小馬鹿にされていますが、元気の良さも表しているんだそうです。ですから、私たちは「豚コレラ」と呼ばれるのは愉快ではございません。差別用語です。そこで「トンコ・レラ」と名乗って、人間様に適切な、なにがしかの名前は必要なようです。カタカナ語の方が格好いいという風評もあります。

はそう呼んでいただきたいと思っている次第です。人間が豚コレラと呼んでいる物をトンコ・レラとさせていただきたいと思います。

始めにお断りすべきかとは思いましたが、人間が豚コレラと呼んでいる物をトンコ・レラとさせていただいた次第です。生意気というお言葉は甘受いたします。尚、アフリカ豚コレラというのが、中国

243

東北部で流行っていて、とても強いそうです。　私たちトンコ・レラのパクリでも何でもなく、全く関係ありません。　お間違いなきように。

正直なところ、豚には偏見があります。　狭いところで不自由な暮らしをしているせいか、酷くヤワです。　私たちが住み着くとすぐにくたばってしまいます。　中には抵抗しているやつもいるのですが、殺処分という凄惨な目に遭います。　いつまで経っても私たちに免疫を持ち共生できる豚になりません。　誠に不都合です。　仮に免疫ができても、人間に豚野郎などと差別用語として使われる輩には住み着きたくありません。　是非、猪にお願いしたいものです。

豚に侵入してしまったために、危うく絶滅の危機にさらされています。

トンコ・レラです。　トンコリタです。

244

謹賀新年

もめるやつ　ほめるやからに　はめるやつ　すねているまに五輪終

歳がいきますと恒例とか習慣ということで救われていることが結構ございます。正月ということで八五郎が年始にやってきました。

八「明けましておめでとうございます。いい加減聞き飽きた台詞ですが……」

隠「聞き飽きたなんぞ、とんでもない……。この台詞を聞かせてもらえることがどれだけ嬉しいことか」

八「そう言えば、のんびりと安心した顔をしてますよ」

隠「そうかィ。……年末に物騒なプレゼントがあるってんで、心配していたんだ」

八「その歳でサンタ待ちですかぃ？」

隠「ハハ……。ジョン君がトラさんへだ」

八「……そうソウ。何もありませんでした。どうしたんですかね？」

隠「手元不如意かなぁ……。怖さ半分、楽しみ半分」
八「楽しみ？」
隠「ハハ……。怖い物見たさって言うじゃぁないか」
八「いい歳こいて。……ところで、今年は子年で、オリンピック・パラリンピックがありますね」
隠「そう言えば、お前さんとオリンピックの話をしたな。何年前かな」
八「えーと、五、六年になりますか。昔のことだけは覚えていますね」
隠「もうそんなになるか」
八「あの時ご隠居『五輪終だ』って言っていましたが、結構持ちました。ズーズーしい」
隠「ズーズーしいか？　本当だ。丈夫で、長持ち」
八「遠慮と慎み深い人たちもいます。都知事なんぞは二人も五輪終で、さっさと身をひかれています。
少し見習ってはどんなもんで」
隠「見習おうにも見習う手立てがないョ」
八「バンザイって飛び上がっていた人は何百万円だか何千万だか鞄に詰めるやら、腹を詰めるやら。
その次は……何でしたっけ？」
隠「習字の練習をしていてジを書き損なってハジを書いた方のことかィ」
八「それそれ。隠居が見習うことがある。字の練習だ。あんたの字は読めないヨ」
隠「有り難う。ウルサイ！　自分でも読めないのに他人に読まれてたまるものか」

八「三人といやぁ、三代目がメン玉剥いて怒っていましたね」
隠「マラソンなんかを東京を止めて、札幌にするって話だな」
八「東京オリンピックなのに、三代目の知らん間に変えちまったらしい」
隠「三代目にはソットだし。だナ。あれにはわしも吃驚したよ。でも、そういうことはＩＯＣが決めるルールになっているんだから、知らない奴が後でゴタゴタ言っても仕方がないようだ」
八「何年か前の時も、ＩＯＣは偉いんだって言ってましたね」
隠「まぁな。でも、威張りくさって上から決めたなんざぁ当たらないヨ」
八「そうですかぃ？」
隠「【次の規約に同意したらクリックしてください】って規約が長々と書いてあるだろう。ネット通販なんかでよく見るヤツだ」
八「クリックしないと前へ進まない」
隠「面倒くさいから、読みもしないでクリックする」
八「読んでないとは言えない」
隠「英語で書いてあるから読めなかった、読まなかったなんぞは絶対言えない」
八「ＩＯＣはそう決めたんです。だまし討ちなんかじゃあござんせん……ですか」
隠「騙したのは、東京の方だよ」
八「まさか？」

隠「この時期の東京は、温暖でスポーツにもっとも適しています。そう言った」
八「夏になると、熱中症予防で、外に出るなとか……」
隠「ケチらずに冷房を使え」
八「温暖でスポーツに最適なら、部屋で冷房なんざぁ……。もしかして電力会社の販売促進？……」
隠「どうだい。いい勝負だろ。先に騙したのは東京の方だ」
八「ご隠居、それは違うよ」
隠「違う？　どうして」
八「狸が出てきたのは三代目だよ」
隠「そういやあそうだ。一代目も二代目も騙しきれず仕舞いで、店じまいした」
八「でしょう」
隠「さすが、三代目は騙されたふりをして、オリンピックの後も続けるつもりのようだ。豊洲でつけたミソも築地のネズミも見事に消えた」
八「ネズミだけじゃあなくて、熊も消えたという話があります」
隠「熊？　あぁ。シロクマのことだな」
八「白い毛の上に落書きされた。獲物に見つかり餌が取れない」
隠「そりゃ気の毒だけど、ロシアが薬でインチキやったって話だろ」
八「洗い落としてこいと言われて、上から白いペンキを塗って誤魔化した」

隠「黒いペンキの後が透けて見えちまった」
八「黒と白でネズミ色になった」
隠「落ちなかった?」
八「今年はねずみ年だからって、落ちにも何にもなっちゃあいません」
隠「ネズミで落ち?　ネズミで落ちるわけはない。オホン!　そもそも今年は子の年だ」
八「狸じゃなくて、ネズミだ」
隠「子だよ。ネ。干支の始まりだ。新しい命が種子の中に生まれ、増えて茂るの年だ」
八「めでてえことだ。落としてることはない。締めていこう!」
隠「落としてる?　締めていこう」
八「何か?」
隠「締め忘れに気がついたよ」
八「歳の所為で……」
隠「注連飾りをするのをすっかり忘れていた。ちょっと行って、コンビニで買ってきておくれでないか」
八「やはり歳の所為で……。近所のコンビニは、この正月は閉まっております」
　今年もいい年でありますように。

若くないオイテルの悩み

不機嫌な怠惰などなし　機嫌良く百まで働き疎まれる

妄言を一つ申し上げます。歳をとりますと老害などと言われたり、害を及ばさなくても、意見が違ったりすると、頑迷固陋《がんめいころう》などと決めつけて脇へ追いやられたりするようです。こう言うのも、年寄りの僻《ひが》みなのでしょう。そんなこんなで、大いに反省し、己の生き様を換えてみようなどとする人もいるようです。すると、年寄りの冷や水などと揶揄されたりしますので、どうすればいいのか困ったものでございます。

八「おい、クソ爺。コロナでもくたばらずに、のうのうと生きてるか？　いい加減くたばったらどうだ」

隠「すまんこって。お陰でなんとなく生き延びちまってナ」

八「お前さん、日本は少子高齢化で大変だ、大変だって言ってたじゃあないか。そう言いながら、年金でぬくぬくと生きている」

隠「その通り。申し訳ない。八っつぁんは二人も子供がいる。立派なものだ」
八「へへ、実は三人目が……」
隠「そりゃ、そりゃ上出来。栄誉賞ものだ。わしは何とかオリンピックまではと頑張ってきたが、ここへ来てリニアまで頑張んべぇかと……」
八「国賊、非国民！」
隠「面目次第もない。これでも日々考え努力をしてきた賜《たまもの》だヨ」
八「ほー、何をやってるんで？」
隠「なんと言っても規則正しい生活だな。寝る、起きる、朝昼晩の三度の飯」
八「規則正しいなどと格好つけているが、食ちゃぁ寝、食ちゃぁ寝だけの弛んだ生活じゃぁないか。毎日同じかい？」
隠「きっかりとはいかんが、まずまず同じだナ」
八「ハハァン。何か考えてしたりやったりできないんじゃあないか？　できないから、決まり切ったことを繰り返す。惚け。丁寧に言やぁ認知症の中等症くらいじゃあないか？」
隠「ん？……言われてみれば、そうかもしれん。だがなぁ、わしなりの対策はとっている。毎日ＰＣでメールを見たり書いたり、新聞以外からも情報を得ておる」
八「それも繰り返しだろうが。少し改めた方が好いぞ」
隠「んー、八っつぁんの言うことが身に、心にジーンと来る。反省しなくてはいかん。なんだか、Ｐ

Cに躾けられている気がしてきた」
八「PCに躾けられているってのはなんだい?」
隠「PCを閉じると、トイレに行きたくなる。これが行くだけで、生産性の低いことったらない。時間は関係なしだ。入口、出口に仕組まれた習慣ができている」
八「そう思ったら、対抗処置をとりな。口だけ達者で、何もできねぇじゃぁねぇのかい」
隠「ンだ。若い頃はいろいろやったな」
八「思い出しているだけじゃあ……」
隠「今は、沈香《じんこう》も焚かず屁もひらずダ」
八「そんなこたぁない。さっき一発、大きな音がした」
隠「音が?……すかしたはずだが。耳が遠くなって聞えなかったが、そんなに響いたかぃ?」
八「音だけじゃぁない。まだ臭うぞ。鼻も鈍って臭いもわからない」
隠「よし! 一つやってみるか」
八「まだ出したりないのか、臭いのは勘弁してくれ」
隠「うんにゃー。生活態度を改めるんだ」
八「お、何かおやりで。いいぞ、イイゾ!」
隠「手始めに、PCを閉じてもトイレに行かない。十分我慢もすれば、気配が消えよう。三度の食事は止める」

八「どういう意味かわからんが、そんなことができるんか？　もう少し世間体のいい決意はできないのか。CO_2削減のために息を止めるとか」
隠「それじゃぁ死んじまう。生きるために息はする」
八「それ洒落のつもりかぃ？　でも食わねえ、出さねえじゃぁ死ねるじゃぁないか？」
隠「まぁ上手く考えてやるから、大丈夫だ」
八「インチキか。考えそうな、やりそうなことだ」
　散々毒づいて帰った八は、数日して様子見にやってまいりました。
八「オーイ、ご隠居さま、お元気ですか？」
　返事がないのでうろうろしていますと、隠居さんレジ袋をぶら下げて帰ってきました。
隠「おや、八っつぁん。久しぶりだナ」
八「こないだはグズグズ言っていたが、元気そうだナ。何か買ってきた？」
隠「ウン。大したモンじゃぁない。あんたに見せると何を言われるかわからんから、嫌だけど……ナントカパンツだヨ」
八「……？……」
隠「PCのあとトイレに行かないようにしているが、たまには本当に一杯になっていて、危うし、アヤウシのことがある」
八「危うしじゃぁなくて、本当のところ、やっちまったんだろう。ダダ漏れして濡れたパンツを洗濯機にでも入れて、証拠隠滅を図ったな。昔、パンツの中にヤクを隠していてバレた役者がいた。パンツ隠しの反対パクりだ」
隠「うんにゃ。断じてそんなことはない。危険予知、危機管理対策として万全の対策をとるというのが、わしのモットーじゃ」
八「放射能漏れじゃああるまいし、たかが尿漏れで、大げさな物言いだ。そういう強がりは大体嘘をこく時の態度だ」
隠「わしはどこかの国の広報官じゃあない。そのような物言いには断固反対する」
八「ハハ……。それそれ、その言い草だ。尤もあれは日本語じゃあないな」
隠「だろー。そういうことだ……」
八「まあいいや。核心的ことがらじゃぁない。ところで、飯の方はどうしてる」
隠「実行しているヨ」
八「食べてない？　おい、おい、そっちの方が危ない。それにしては痩せても枯れてもいないな」
隠「そちらも当然、危機管理対策をとっているワサ」
八「なんだ？　その対策ってぇのは」
隠「刻を外して、間食に励んでいる」
お後がよろしいようで。テケテン……ドン……。

著者プロフィール

森 猛（もり たけし）

1938年　愛知県豊橋市の生まれ
1957年　愛知県立時習館高校卒業
　同年　東京工業大学（現東京科学大学）入学
1961年　同大学金属工学を卒業
　同年　富士製鐵（現日本製鐵）に入社
　主として製鋼関係技術者として内外の工場で働く
（ほぼ21世紀初頭より年金生活）

お迎え音頭

2025年１月15日　初版第１刷発行

著　者　森 猛
発行者　瓜谷 綱延
発行所　株式会社文芸社
〒160-0022　東京都新宿区新宿１－10－１
電話　03-5369-3060（代表）
03-5369-2299（販売）

印刷所　株式会社晃陽社

ISBN978-4-286-25939-0